JN207810

人生の四楽章、そして松本へ

大内三三夫

鳥影社

人生の四楽章、そして松本へ　目次

第四楽章、そして松本へ

はじめに

人生100年時代と言われる昨今、人は25年を単位とした四楽章からなる人生の交響曲を奏でて生きているように思える。そして人はその中からいくつかのターニングポイントを経て育っていく。

昨年75歳になって後期高齢者としての第四楽章に仲間入りし、すでに他界された同年代の友人も多くなってきた。そこでまずはそれらの方々のご冥福をお祈りし、幸い生きている者として今まで過ごしてきた時間を振り返り、私の今までの人生で遭遇した出来事を共有したいと思う。そして私を支えてくれた全ての同僚、同胞、友人、先輩、後輩、そして家族に感謝し、もし若い人たちがそこから何かを掴んでもらえたらと思いこの自分史を書いている。その最後に私の人生を振り返ってみて、第四楽章であえて選んで移住した信州松本で何ができるかについて考えてみた。

第一楽章、準備期間

1、小学生の頃

人は生まれて最初の25年間は人生の準備期間だ。そして誰もがその将来を決める何かを幼少の時に育むのではないだろうか？

私が小学校3年生の頃、念願だった自転車を買ってもらった。それは20インチの子供用の自転車で練習用の補助輪がついていた。当時通っていた小学校の校庭で練習をして、補助輪が取れた頃に私の父が発電機付きの自転車ライトを取り付けてくれた。それは前輪の中心軸に発電機が取り付けられていて、タイヤが回ることで発電された電気を使ってライトをつけるという仕組みのものだった。毎日夕方暗くなるのが待ち遠しく、得意になって近所の道を走り回った。家の周りには坂があって、下りは快適だったが、登りは結構辛く、そんな時自転車にモーターがついていたらいいと思った。

ある時父と風呂に入りながら「自転車に乗って発電機を回してライトをつける代わりに

モーターを動かしたら、自分で漕がないでも自転車は動くだろうか」と聞いてみた。そしたら父は少し考えてから「それはできない、ダメだ」と言ってそれ以上は説明してくれなかった。どうしてダメなのかよくわからなかったけれど、渋々そんなものかと思った。

そこで当時持っていた模型用のモーターをその発電機に繋いで車輪を回してみるとモーターは最初は少し動いたような気がしたが、それ以上は動かなかった。父がダメと言った理由がこれなのかとその時は納得した。が、本当の理由は私が大学で熱力学を学ぶまでわからなかった。この父は私が15歳になった時に亡くなったので、どうして父がダメと言ったのかを確かめることはできなかった。しかし、これが私の電気との最初の出会いだった。

そして小学校6年になった頃新しい体験をした。その頃の日本はすでに戦後の占領状態から抜け出し独自の経済発展をとげようとしていた時代であったが、まだ進駐軍の影響が完全になくなったというわけではなかった。そんな中で家の近くにあった空き地が進駐軍の残していった通信機器の廃棄場所になっていた。そこで学校から帰ると自転車でそのジャンクヤードへ通い夕方遅くまで廃品をあさり、その中から数々の電子部品を家に持ち帰った。それは私にとって新しいものに接することのできる宝の山のような存在であった。休日には持ち帰った部品を組み合わせて電子回路らしき物を作って遊んだ。実際に何を作ったかは記憶にないが、はんだごての使い方を習得したのもその頃だった。

ある時持ち帰った部品の中に直径2センチぐらいで3本の足の生えた電子部品があった。その部品は両親が買ってくれた「無線と実験」という雑誌からトランジスターであろうと思ったが、実際にそれを手に取って見たのは初めてだった。当時はまだ真空管が全盛の時代であった中でトランジスターは貴重なものだった。ましてやトランジスターそのものが小さな紙箱に入っているという「新品」を手にした時は一人で興奮した。まさに宝物を探し当てたような気分だった。そして紙箱には小さな英語文字で何やら沢山書かれおり、取り出した部品の表にはMade in USAと刻まれていた。その時「USA」という存在が私の心の中に大きく宿った。

2、中学、高校、大学、そして大学院へ

そんな時代が過ぎ、中学生になると遊びの舞台は秋葉原に変わった。当時はお茶の水駅で

降りて赤い煉瓦の壁沿いの道を下り、交通博物館の前を通って万世橋を渡って秋葉原に行った。確か一駅手前で降りると切符の値段が安かったからと記憶している。

その秋葉原には秋葉原駅ビルに隣接した東京ラジオデパート、万世橋横のラジオガァデン、そして秋葉原ラジオ会館など、至る所に新品・古品を問わず部品を売る店が沢山あった。私はそこでどれほどの時間を費やしたか覚えていない。先日60年ぶりに秋葉原へ行ってきたが、昔と変わらないラジオデパートの建物はいまだに存在はしていたものの、ほとんどの店はシャッターを下ろしていた。それでも4~5軒の店は昔とかわらない姿で商いをしているのを見てホッとした。ラジオデパートの中2階にある部品屋もすっかり様変わりをしていて、今はアニメやゲームの店に変わっていた。その上り口の階段口に「元電気少年集まれ！」という看板を見て、ずっと昔の自分を思い出した。ここにはいまだにそんな仲間が集まるのだろう。

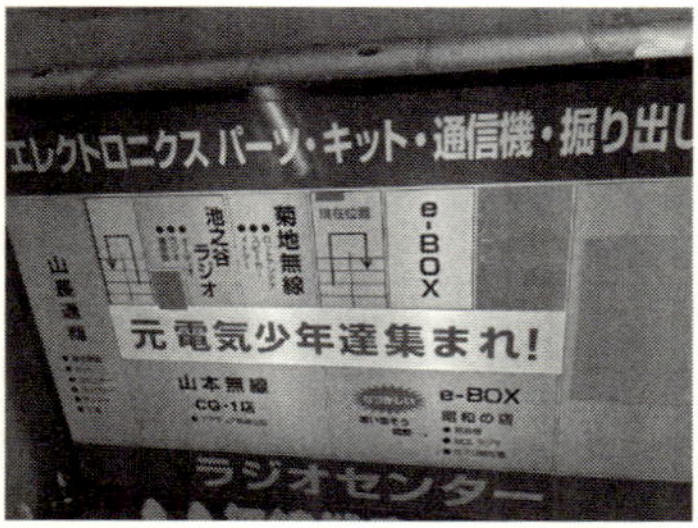

「元電気少年集まれ！」と書かれた看板

高校2年生の時、物理の授業でトランジスターの原理を教わった。小学生の頃進駐軍の通信機器の廃棄場から持ち帰った箱入りの「新品トランジスター」はまだ私の宝物ＢＯＸに大切に保管してあった。そんな訳でトランジスターには特別な思いがあった。授業を聞きながら、その先生はきっと大学でトランジスターの勉強をされたのだろう、などと勝手に想像した。授業の内容は特に記憶していないが、なぜか生き生きとした授業であったことは覚えている。それが直接のきっかけになったかはわからないが、大学に進学して物理を専攻した。

ところが大学に入ったものの１９６８年当時は大学紛争で授業がたびたび中断され、自分で奮起しなければ学ぶことができないような時代だった。その頃は固体物理学が産業界と結びついて急速に発展し、集積半導体産業が展開する新しい時代でもあった。また１９６８年にはアメリカでインテル社が設立され、理学と工学がうまく連携して新しい分野が作られていく幕開けの時代だった。血気盛んな若者にとって大学紛争を含めて量子力学、電磁気学、統計力学、素粒子物理や宇宙論、そして色々な新しい物理の応用分野、例えば半導体、低温物理、超伝導、そして新しい電子分光学は魅力的だった。しかしながら、色々な分野に目が眩んで結局はそれらをつまみ食いするだけで大学の４年間は終わってしまった。

その後大学院修士課程に進んで初めてじっくりと物事を習うという体験ができた。それは高エネルギー物理学の実験で使うチェレンコフカウンターという装置の設計と制作で、さらに加速器を使って実証実験をするという機会だった。この体験は後に私の実験に対する姿勢と考え方を築いてくれた最初の第一歩だったように記憶している。

今考えてみると大学と大学院で過ごした6年間は自由奔放に自分の興味に頼って色々な事をつまみ食いし、物理の雑学を沢山学んだ時代だった。そしてそれを許してくれた物理学科の先生方に感謝している。しかしそうした雑学がその後の私の人生において様々なところで役に立つことになるとは当時は想像だにしなかった。

3、人生最初のターニングポイント

大学院を修了して、そのチェレンコフカウンターで使うガラス材を提供していた企業に入社した。当時は高性能のカメラ用レンズで、より透明度が高く屈折率の高い高密度のガラス素材が求められていた。私はそうした光学ガラスを試作する部署に配属され、毎日ガラスの組成を変えてさらに良い性能を持つ素材を開発することが私の仕事だった。そんな中で優れ

IBM トーマス・ワトソン研究所の上空写真（左）と正面写真（右）

た性能をもつガラスは空気と触れると表面の色がにわかに変わりやすいという事に気づき、なぜだろうと興味を持った。それが後に表面科学という分野に入っていく最初のきっかけであったように思える。そして入社1年目に私の人生を決定づけた最初のターニングポイントに遭遇した。

それは「電子材料」という月刊雑誌の折り込みグラビア写真でＩＢＭトーマス・ワトソン研究所と１９７３年にノーベル物理学賞を受賞した江崎玲於奈博士の研究室が紹介されていた。グラビア写真の説明や雑誌記事の内容はともあれ、まずは掲載された写真で研究所の大きさに圧倒された。そして江崎博士が世界で初めてオージェ電子分光という手法をシリコン半導体の表面研究に使った事に感動した。そして「オージェ」という聞いたこともない言葉の微妙な響きに心が躍った。

そこで私はオージェ電子分光の原理を勉強し、もしそれを使えばなぜガラスの表面の色がにわかに変わるかわかるだろうと想像した。そしてそれがわかればさらに新しいガラスの使い道が開けるだろうとも考えた。同時にそんな研究所に入って将来自分の研究室を持ちたいとも思った。自由で無責任な発想だったかもしれないが、それが私の人生を変える最初の出来事だった。しかしながら、私の初任給が10万円にも届かなかった時代に1億円以上もするような装置を一介の新入社員が若気の至りで提案しても案件が通るわけがなかった。それでも私は主張し続けた。

翌年の春にガラス国際会議が日本で開かれた。そこでオージェ電子分光を使って新しい生体機能をもつガラスを開発したというフロリダ大学のヘンチ教授の基調講演を聞いた。ガラスが水と接触することにより1ナノメートル（10億分の1メートル）という精度で表面の組成が内部のそれと甚だしく違っていることを示した実験結果を見た時は衝撃を受けた。そしてその組成の違いを生体機能と結びつけた研究を聞いて感激して、その夜は興奮してなかなか眠れなかった。そして半年後、私はフロリダ大学のヘンチ先生の研究室にいた。

思えば人生のターニングポイントとは何かを求める機運から生まれ、初めはわからなくても何かに感動・感激し、それを育てていけばいつか開花することを知った。私の人生の第一楽章は、新しいものに刺激され、それに素直に反応し、自分の考えを試したくて色々と模索した時代だった。そしてそれがフロリダ大学への留学に繋がり、後にアメリカという進展地で私の人生の大部分を過ごす事になる最初の25年間の準備期間でもあった。

第二楽章、挑戦と発展

次の25年の第二楽章は人生への挑戦と発展だ。私の場合はさらなる25年と合わせて50年あまりをアメリカで過ごすことになるが、それはまさに挑戦と発展の繰り返しだった。

まずはフロリダ大学へ向かった旅行記から始めよう。国際会議でヘンチ先生と対面した時は緊張した。私にとってガラス表面の生体機能はそれなりに面白かったが、それより10億分の1メートルの精度で表面の組成の分布がわかることの方が当時私が問題にしていたことに直結していた。そこでオージェ電子分光がどのように私の仕事とこれからのガラスの研究と開発に役に立つかという自論を述べ、その技法を習得して将来のガラスの研究に役立てたいと語った。さらにヘンチ先生の講演に感動した事も伝えることができた。今思い出すと当時の私の英語会話能力でよくもそこまで言えたものだと自分でも驚いたが、ただその時は必死だった。それから1ヵ月してヘンチ先生から「オージェ電子分光について勉強したいならフロリダへ来なさい」という手紙をもらった。その時の感動は今でも忘れない。同年1975年6月にフロリダに向けて飛び立った。

1、フロリダ州ゲインズビルへ

フロリダ大学はフロリダ州のゲインズビルという人口6万人ほどの町にある。学生と職員を含めて当時5万人からなるフロリダ大学は全米の中でも大規模で、大学の敷地が町の北西部全体を占めていた。ところが日本からそのゲインズビルに行くのは簡単ではなかった。まだ成田空港が開港前で旧羽田空港からロサンゼルスに飛び、そこで飛行機を乗り継ぎテキサス州のヒューストンに飛び、さらにニューオーリンズを経由してジョージア州のアトランタに降りた。そこで一泊して今はないイースタン航空のプロペラ小型機でゲインズビルまで飛ぶという行程だった。

今でも時折夢に出てくる光景がある。それは最初のアメリカ、ロサンゼルスに飛行機が降りた時のことだ。雲の中を下降していくうちに突然目の中の前に碁盤の目に散りばめたように街の明かりが窓いっぱいに広がった。それを最初に見た時「これがアメリカだ！」、そして背筋に衝撃が走った。それからのゲインズビルまでの行程は興奮のるつぼだった。

一昼夜かかってようやくゲインズビルに到着したら、そこはなんと飛行場というより野原だった。小さな小屋のような空港建物に「Welcome to Gainesville」と書かれた看板が立っているのが印象的だった。飛行機のタラップを降りて歩いてその小屋まで辿り着いたら、身長が１８５センチもあるような彫りの深いかっこいい青年が私を迎えてくれた。イタリア系移民の家系を持つカルロ・パンターノというヘンチ先生の大学院の学生だった。その後カルロと私は生涯の友達となり、彼はペンシルベニア州立大学の教授として、私はワシントン大学の教授として仕事の上でも家族の間でも深い交友を保つことになる。

ゲインズビル空港

2、ゲインズビルでの第一日目

そのカルロが飛行場から大学の近くのアパートまで車で送ってくれた。そのアパートは大学の正門から歩いて5分ほどのところにあるパレスというアパートだった。敷地いっぱいに建てられたアパートは2階建でプールを囲む木立の中にあった。真っ青なプールにはビキニ姿の女性が沢山いて、みんな本を持ってベンチに寝そべっていた。そしてそれがみんなフロリダ大学の学生と聞いて心が踊った。

カルロが管理人室に連れて行ってくれて、そこで数々の入居契約書にサインをさせられた。すると突然カルロが何やら早口で管理人と話し出し、リースがどうのこうのという言葉が何回も聞こえてきた。よく状況を理解しないうちに事が進んでしまい、それでも内金を払うと鍵が渡され、私が入居するアパートの部屋番号が教えられた。

日本から持ってきた大型のスーツケースとヒモで縛って積み上げた数々の参考書を傍に携え、鍵を開けてアパートの中に入って驚いた。なんと建物全体にクーラーが効いていて暑い夏のフロリダの外界とは別天地だった。そしてカルロは「ここが君の住むアパートだから好きなようにしたらいい。」と言ってくれた。とは言ってもどのように好きなようにするかが分からない。

アパートに入るとそこは大きな居間になっていて、青いふかふかの絨毯が一面に敷き詰められていた。その奥にはキッチンがあって、その横に2階に上がる緩い階段があった。カルロが私を2階に連れていき、その中の一室を開けてここが君の部屋だと言ってくれた。そして荷物を入れてくれて、僕はこれから実験室に戻るから明日の朝大学に来たらいいと言って帰ってしまった。一人残された私は、ここは一体どのようなアパートなのだろうと思ったが、さすがに疲れていたようで敷布もないベッドの上でそのまま眠ってしまった。

3時間ぐらいした頃だろうか、部屋の外で何やら話し声が聞こえた。驚いて部屋の外に出てみるとTシャツに短パンの若い男二人が居間にいて、私を見てハローといった。丁寧な説明もなく入ったアパートで何が何だかわからないことが多すぎたが、やっと彼らがここの住民であるらしく、ここがシェアーアパートであることがわかった。ただ問題は彼らの会話が機関銃のように早口なことだったが、一人はニュージャージーの出身、もう一人は南部の訛りの強いところから来た大学院の学生であることがわかった。

ちょうど夕方になり、お腹も空いてきたのでどうしようかと思っていたら、訛りの強い学生が「これからマーケットに行って食料品を買い出しに行くけど君も一緒に来るか？」と聞いてくれた。言葉は半分ぐらいしか分からないけれどどうやら気のいい奴だと思い買い物についていった。食料品を買って帰ってきて冷蔵庫に入れようとしたら、自分の名前を書いておけと言われた。なるほど、そうすれば誰の食料品かがわかって間違いを起こさない。

そんなこんなでゲインズビルの激動の第一日は過ぎていった。

3、フロリダ大学へ

翌朝緊張した面持ちでネクタイをしめジャケットを着て大学へ行った。大学構内の地図は前もってもらっていたが、いざ歩いてみるとなんと広いキャンパスか。椰子の実のなっている並木道を抜けて私が目指した工学部物質科学学科のラインズホールという建物にたどり着く頃にはべっとりと汗でワイシャツが濡れてしまっていた。

建物の中に入るとクーラーが効いていて別天地だった。そこで少し頭を冷やしトイレで顔を洗い身なりを整えてホールのベンチに腰を下ろした。そこで周りを見渡すと建物にいるほ

ヘンチ先生

とんど全員がTシャツと短パンの姿でネクタイをしてジャケットを着ている職員や学生は見当たらなかった。それは雑誌で見たアメリカの大学の風景だった。

約束の時間になり意を決してヘンチ先生のオフィスのある一角に行くと秘書が快く出迎えてくれた。そして緊張してオフィスに入っていくとそこにはヘンチ先生とカルロがいた。それぞれまだ一回しか会ったことのない人たちだったが、なんだか昔から知っているように思え心が和んだ。そしてWelcomeと言ってくれた言葉がとても印象的だった。

秘書が冷たいコーラを持ってきてくれてやっと喉が潤った。それからは何を話したかはよく覚えていないが、30分ほどするとデオルク・ドブとジョージ・オノダいう二人の教授がやってきた。そしたらカルロはジョージが僕の指導教官で、自分はドブ先生とヘンチ先生と一緒に働いていているという。あれ、カルロはヘンチ先生の学生じゃなかったのかと思いながら聞いていると、どうやら三人の先生がそれぞれの専門の分野でカルロを指導していることがわかった。そしてヘンチ先生はフロリダ大学工学部物質材料工学科の学科長だということもわかった。

小一時間が過ぎカルロが実験室の案内に連れ出してくれた。実験室は教授の部屋から反対側の廊下の奥にあった。そこに歩いていくにはせいぜい十数秒ぐらいだったが、その間に今まで心に抱いてきた様々な事柄が超高速度写真で映し出されたように心に蘇った。そして実験室に入るとそこにはグラビア写真に載っていた江崎博士の研究室で見たような装置が置かれてあった。そしてそれがオージェ電子分光器だと直ちに理解した。数々の部品がたこ足のようにボルトで締められていて、それらがアルミホイルで巻かれていた。それらを目にすると江崎博士が彼の実験装置を前にして撮られた写真が蘇ってきて、これからはこの装置が使えるという感激で心が震えた。

4、はじめて見るオージェ電子分光器

今考えると半世紀以上も前に私がフロリダ大学で最初に見たオージェ電子分光器は、ごく普通でなんの変哲もない手作りの装置であった。数々の部品を組み合わせ、見てくれは決してよくなかったが、ただ一つユニークなことは解析する試料を液体窒素という極低温（マイ

ナス196度）に保つことができることであった。低温ではガラス中に含まれるイオンの動きが鈍くなり、測定中に信号の強度が弱くなることなく記録できるというフロリダ大学で開発された方法だった。

こうした工夫は今でこそ当たり前でも当時は未踏の分野だった。上に示した写真（AES1）は当時の装置の様子を写したものだが、全てが手作りで設計から組み立てまでカルロが携わったという。こうした実験装置の詳細を細かく丁寧に説明してくれ、カルロはこの装置を使って一緒に研究していこうと言ってくれた。こうして私のフロリダ大学での研究生活が始まった。

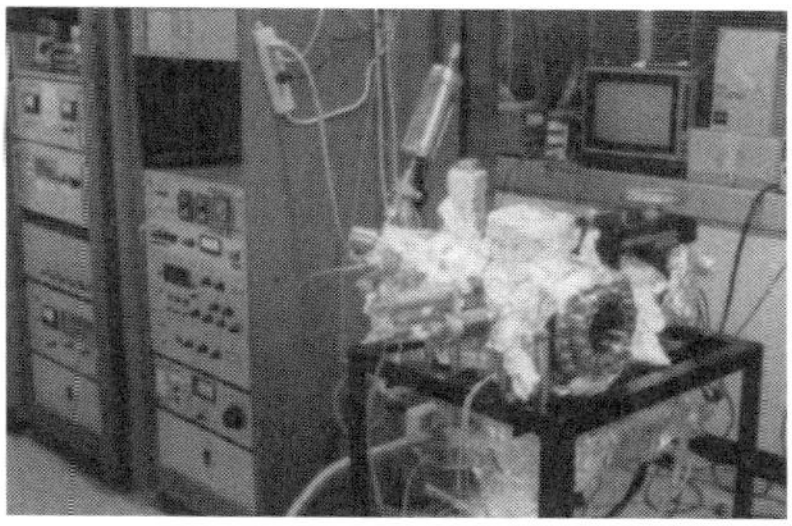

AES1

5、研究生活が始まる

夏のフロリダの気候は湿気と熱気の中にある。それでも早朝は朝靄の中で過ごしやすい時間を見つける事ができる。そのせいか皆朝が早い。私も彼らに倣って朝6時過ぎには大学の研究室にいた。そして朝の早い時間は本や論文を読み、勉強するにはうってつけの時間だった。当時の1日を思い出してみると、午前中は勉強と打ち合わせ、午後は実験、夜も実験、そして夜中に帰ってきて就寝するという毎日だった。ほとんどの時間を研究室と実験室で過ごし、土曜にアパートの掃除や洗濯をして買い出しに行き、日曜はまた実験室に戻るというような生活だった。

それが半年も続くと私はヘンチ先生の研究室のほとんどのものを熟知し、誰よりも色々なことを知っている存在になった。遊びにいくようなこともなく四六時中研究室に入り浸っていたが、同じ学科にいた若杉さんという日本の会社から派遣されてフロリダ大学で研究をしている人と「食い友達」になった。ゲインズビルから150キロほど離れたジャクソンビルという大西洋に面した町に唯一の日本食レストランがあった。2ヵ月に一回ほどの割合で若杉さんの車でレストランまで行き、胃袋からはみ出るほど日本食を食べて帰ってくるのが楽しみだった。

そんな日々が続き使っている装置の全てを熟知したら色々と改造したくなった。そこで当

カルロ・パンターノと共に

時まだ出始めたばかりのマイクロコンピューターを導入して自動化を図りたいと提案した。カルロは喜んで協力してくれ、新しい装置の開発に乗り出した。今考えるとおもちゃのようなアナログ・デジタル変換器を使い、取り出すシグナルはごく限られた範囲であった。しかしそれまではチャート式記録計に書かれた測定データを定規で読み取り、手で記録しなければならない事がマイクロコンピューターを使って自動的に記録できるようになった。それを見ていた研究室の同僚が拍手をして成果を讃えてくれた。

その後装置はさらに改良が加えられより良い成果が出るようになったが、私は何か物足りない思いで毎日を過ごしていた。その理由は当時の私のフロリダ大学でのステータスにあった。ヘンチ先生の好意で留学はできて当初の目的は達成したものの、日本の会社を退職して渡米し、さてそれからどうなるということに関しては五里霧中であった。そして周りは皆正規の学生か、またはすでに正職員であるような環境の中で、皆と対等に話ができないことにどこか違和感と劣等感を感じていた。

6、学位が必要だ

そんなある日、カルロや他の大学院の学生とフロリダ大学キャンパス内にあるラッツケラーというバーにビールを飲みに行った。話をしていくうちに、アメリカで学位を取る事がいかに大切かという話を聞かされた。そして、アメリカの社会では学位がなければ相手にされないという事を習った。それは私にとって衝撃的であったが、それを知って初めて思い当たる事が出てきて納得した。そういえば、大学院に限らず大学学部学生の年齢も日本と違ってバラバラで、どうしてなのだろうと常々思っていた。

そこで周りを見渡してみると、歳をとった学生は退役軍人であったり、一旦は会社に勤めて退職し再び大学に戻ってくる人や、会社を2~3年休んで大学に戻って学位を取る人など様々であった。そして彼らを見ていると、なぜ自分は大学で勉強しているかがはっきりしていて、何が次の目標であるかをよく心得ていた。しかもそうした学生は仕事で得られた給料から授業料をためて、経済的に整った段階で大学へ戻り、さらに上の学位を取りにきているので真剣さが違っていた。同時に彼らを取り巻く家族や親戚がそれをサポートしていることも知った。それは日本で育って小中高大学・大学院と進んできた私や友人達の経路とは全く違っていて、それはまさに驚きだった。

ビールを飲みながら、そのテーブルに座っていた学生が一人一人自分の経てきた過程を話してくれた。それは私にとっては初めて聞く話で、せいぜい1、2年の年の差しか離れていなかった私の日本での大学や大学院の仲間からは到底聞けない話だった。そしてアメリカでは学位がなければ就職はできないとも教わった。確かに大学の掲示板で見る就職案内では、その職種で必要とされる学位が応募規定にちゃんと書かれていた。そこで大学は社会のためにあり、そして社会につながっていることを実感した。たまたまビールを囲んでの集まりではあったが、大きなことを学んだ。そして私がこれからアメリカでやっていくためには「博士の学位がなければならない」、いや「とらねばならない」という目標がはっきりした。これが留学して初めて取り組む最初の挑戦だった。

1週間ほどしてヘンチ先生にそれまでの経過と自分が感じている危惧について意を決して話した。そしてフロリダ大学の正規の学生になってやり直したいと相談した。その時ヘンチ先生は直ちに「やってごらん」と言ってくれた。ただそのためには海外留学生として越えねばならぬTOEFL（Test of English as a Foreign Language）とGRE（Graduate Record Examination）という大学院入学への検定試験があった。当時それで苦労している日本人留学生を知っていたので、それ相応の時間をかけ必要な点数が取れるように努力した。

7、大学院博士課程に入る

そして翌年の4月から大学院博士課程の正規学生として「雇われた」。ここであえて「雇われた」と書いたのには理由がある。それは私が大学院の正規学生となると同時にヘンチ先生の研究室のリサーチアシスタントとして働くことを意味していた。

リサーチアシスタント制度というのは指導教授が獲得した研究資金から学生に一定額の給料を支給して研究の実践をしてもらい、さらには大学院の授業料もカバーされることで、学生が将来研究者として育っていく道を開くことであった。後で聞いたことだったが、ヘンチ先生はもしあの時私から大学院の正規学生になりたいと言わなかったら、ヘンチ先生が私に学生になるようにと勧めただろうと聞かされた。これで一歩確実に新しい道がひらけた。

大学院の課程では一定の数の必須科目の授業を履修する必要があった。そのために最初は3つの授業の履修登録をした。それぞれの授業は週に3回あって、ほとんどの時間を授業と宿題やレポート書きに費やさざるを得なかった。それでも、夜間は実験室に入り浸って基礎的な実験を繰り返し、近い将来に学位論文で使えるような基礎データを取得することに努めた。

研究室にて

リサーチアシスタントの制度で私の生活も安定し、より忙しい毎日を送るようになったが、それよりも人と対等に話ができるような気がして、それが何よりも嬉しかった。そしてフロリダ大学の正式な顔写真付きの学生証をもらえたことがとても誇りに思えた。人は認められることでこれほどモチベーションを保つことができるのかと、後に私が教授として学生を指導する立場になった時によくこの事を思い出した。

8、偶然と奇跡のような結婚

大学院生活は順調に進んでいき、夏が終わり秋学期が始まる少し前に妹の結婚式で10日ほど日本へ戻った。そしてその間に私の人生を決める重要な事が起きた。それは私の結婚する相手に遭遇した事だった。そしてその遭遇はまさに偶然と奇跡のようなもので、今考えるとどうしてそのような事が起こったかと驚くばかりだ。

私の母はソプラノの声楽家で大学と自分の家で学生のレッスンをしていた。そんなある日に母の弟子が家でのレッスンのためにやって来た。その時その弟子の妹であり将来の私の妻となる女性がピアノ伴奏のために一緒にやってきた。たまたま家にいた私が偶然に玄関のドアを開けてその女性に出くわしたことが運命だった。今自分で言うのも少し気がひけるが、私はとっさに彼女を気に入ってしまい、次の日の昼食に誘った。フロリダに帰るまで残された日数はわずかだったが、その後私たちが親しい友達になるには時間は掛からなかった。ともあれ秋学期に遅れないように私はフロリダへ戻った。

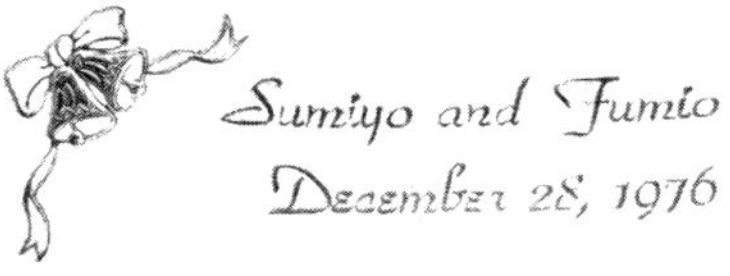

結婚記念日

それから彼女と国際郵便による手紙のやり取りが始まった。今ならインターネットですぐに応答できるところが、当時は少なくとも1週間はかかった。私は何をどのように書いたかは記憶にない。ところが妻（その当時は彼女）は覚えているというが、今尋ねても教えてくれない。ともあれ手紙をやりとりしていくうちに、結婚しようということになってしまった。それを聞いて慌てたのは私の母と彼女の両親であったが、それぞれ納得してその年の暮れに私は帰国して12月28日に彼女と結婚した。婚約指輪は結婚式の3日前に渡した。私の友人達は招待状をもらってはじめは忘年会と思ったようだ。結婚式も無事に終わり、正月を一緒に日本で過ごしてから、２人でフロリダへ戻った。

そんな経過をヘンチ先生は優しく見守ってくれ、翌年1月にゲインズビルで行った内輪の結婚祝いのパーティーには喜んで出席してくれた。後に妻はヘンチ先生から、フミオが十分に実験する時間が取れるように支えてあげてくれ、とパーティー会場でそっと言われた、と話してくれた。

9、大学院と結婚生活

新婚旅行

大学院と結婚生活は私にとって新しい展開になった。そしてそれは私と妻にとって色々な体験をもたらしてくれた。

私の妻はピアノを続けたくてフロリダ大学音楽学部のピアノ練習室に通い始めた。今でこそ練習室に出入りするには厳重な決まりがあり自由に使えないが、当時は割と寛容だった。音楽学部に出入りしていくうちに、彼女はバッハなどが多く用いた作曲技法である対位法という講義を聴講する機会にめぐまれた。授業をことのほか楽しんでいたが、教授がTシャツと短パンで授業をすることに彼女は大変驚いていた。日本ではあり得ないことだからだ。

そして時間が経つうちに中間試験や期末試験の時期になり、聴講生でも試験を受けて良いと教授から許可を得て受けた試験で彼女はクラスの最高点をとってしまった。それがきっかけになりその教授と懇意になった。またピアノ科の教授から実技のオーディションを受け、その教授から大学院に入りたいなら指導教官になってもよいという返事をもらい、彼女もフロリダ大学音楽学部ピアノ科の大学院の可能性を考え始めた。そして3ヵ月間同じようにTOEFLとGRE検定試験の準備をして大学院の修士課程に入学した。

共に大学院の学生となった我々の生活は側から見たらいつ一緒にいるのだろうと思われるような生活だった。一緒に過ごすのはせいぜい朝食と夕食の時で、昼間はそれぞれ大学で過ごし、夕食後私は実験室に戻り、彼女は家で宿題と予習に明け暮れる毎日だった。

当時二人が住んでいたアパート

私たちが住んでいたアパートは大学から歩くと30分以上もかかるので、私は自転車で通学し、妻はバスで大学まで通った。通学路沿いにレイク・アリスという小さな湖があって、そこには野生のアリゲーターが生息していた。そのアリゲーターは滅法足が早く、最大速度で時速40キロでも走れるというから場合によっては大変危険である。したがって犬の散歩には皆注意をしていたが、たまに事故にあって犬が食べられてしまうことも聞いた。そこで犬も危険を知ってか近寄らないようにしているかのようにも見えた。しかし普段は水の中にいて、目を閉じてじっとしている。その目はカーテンのように左右にゆっくりと瞼が動き、遠目に見つめ垂れているようで、なんとも薄気味悪いものだった。

夫婦共々忙しい毎日を送っていたが、そんな生活の中でも小さな息抜きの時間があった。それは当時東京大学から留学していた武田展夫くんという友人の元に毎週「週刊新潮」が彼の叔父から送られてきて、週遅れでその雑誌を私たちに回してくれた事だった。まだ簡単に日本語の本や雑誌が手に入る時代ではなかったので、週刊新潮を隅々まで読んだ。そしてその雑誌は建築学科の学部学生奥山シゲくんや大学院学生の小平豊くんへ回された。皆そのささやかな贈り物を待ち望んでいた。当時正規学生として留学している学生の数は少なかったが、それでも学期末試験が終わった日の夜などはこうした友人たちと食事を持ち寄り遅くまで楽しく過ごした。

10、新しい展開

ある日ヘンチ先生から彼のオフィスに呼ばれた。「自分はオージェ電子分光を使ってはいるけれどもその専門家ではない。今度サンディア国立研究所から新しくここフロリダ大学物質材料学科の教授になって来られる人がいるからフミオはその人に指導教官になってもらってはどうだろう」、と言われた。名前はポール・ホロウェイといい物質表面科学の専門家だった。話を聞きながらカルロもヘンチ先生の学生とはいえ彼の指導教官はガラスの専門家であるジョージ・オノダで、アメリカではこうした指導教官が2人、3人ということはよくある事だ。なるほど、と思いそれを受けることにした。そしてホロウェイ先生が着任された日にヘンチ先生から正式に紹介された。何やらまた新しい世界が開けたと思った。

ホロウェイ先生の着任後、私たちはすぐに打ち解けてポール、フミオとファーストネームで呼び合うような間柄になった。そのポールと私は年齢にして12~13歳ぐらいしか離れていなかった。そして大学院の生活が進んでいくうちに、私が博士課程を修了するに相応しいかどうかを評価する認定試験（PhD Qualifying Examination）を受ける時期になった。その試験方式はそれまでに履修した9学科目についての筆記試験と個別の面接試験だったと記憶している。その準備にはそれ相応の時間をかけて万全を尽くした。試験は朝から夕方までの6~7時間の間に全ての答案用紙を書き終えて提出する事が規則だった。幸い筆記試験の準備は十分してあり、成績も良かったために個別の面接試験を受ける事なくパスした。ポールは私が彼の最初の博士課程認定の学生になったことをことのほか喜んでくれ、週末には彼の家で他の学生も呼んでパーティーを開いてくれた。

その頃私の母は癌を患い入院・手術をするようになっていたらしい。「らしい」とは後に私の博士課程認定試験が終わってから聞かされたことだが、母は私には試験が終わるまで絶対に知らせないようにと、妻や妻の姉たち、すなわち母の弟子、には口止めをさせていたようだ。母は私が頑張っていることを生き甲斐にしていたようで、試験に合格したことをことのほか喜んだそうだ。今でこそ、その気持ちがよくわかるが、それが親なのだと思った。

ポール・ホロウェイ先生

ポールの博士課程の研究指導は厳しかった。今でもはっきりと覚えている事がある。ガラスの表面の組成をオージェ電子分光で調べていると資料を極低温に保っても特定の元素イオン（例えばナトリウムなどのアルカリ金属イオン）の信号強度がある一定の時間が経つと徐々に減ってしまう。この現象は他の元素イオン（シリコンや酸素）などではみられない。当時それはオージェ電子を誘導する電子線によるガラス表面近傍にできた電場（電圧がかかっている空間の状態）がアルカリ金属イオンに作用して表面から内部へ引き込むことによる影響だろうと理解されていた。しかしながら時間的変化を分析するとどうしても他の要因が絡んでいることが想像された。それではそれは何か？　というのがポールの私に対する問いかけで、それは全く未知の現象を探すことだった。

実験に実験を重ねて悩むこと9ヵ月余り、ついに私は電子線が表面のアルカリ金属イオンを外部に叩き出すという脱離現象（イオンが物質の表面から出ていってしまう現象）が併合して起こっている現象を発見した。詳細は省くが、その結果をポールに報告した時、彼はこれで博士論文が書けるねと微笑みながら言ってくれた。その夜は興奮で眠れなかった。

11、What's next?

大学院博士課程も最終段階に入り、卒業への明確な道筋ができた。同時に私の心の中では卒業後の次のステップを考えていた。「考えていた」……というよりどうしたものだろうという不安と未知への期待でいっぱいだった。まだ漠然とした考えであったがアメリカで就職したいという思いが強くなり、そのためには何が必要かを考えた。そしてそれにはある程度の貯蓄がなければならないとまずは考えた。

そこで家を買うことにした。日本では学生の分際で家を買うなどという事はほとんど考えられないことだが、アメリカでは事情が違っていた。現に大学院の多くの友人は結婚していて家を持っていて、それが将来への投資だと聞いてなるほどと思った。そこでたまたま売りに出た物件を見つけ、母から1000ドルを調達してもらい、それを頭金にして残りはフェデラルハウジングローンという低金利の金融公庫からお金を借りて家を買った。

それは小さな古い家であったが、私たちには十分であった。当時の為替レートは1ドルあたり250円程度であったと記憶しているが、約25万円の頭金で毎月の返済が200ドル（5万円）ぐらいだったから、経済的にも得策であった。そして後にそれが卒業前のオイルショックで家の値段が高騰し、就職して移ることになったデラウェア州ウィルミントン市で家を買う資金の一部に使え大きな助けになった。家を持てたことで妻も自分のピアノを置くことができ、それが彼女の卒業への準備に大きく役立った。

丁度その頃妻は学内のオーケストラと共演するオーディションに受かりフロリダ大学のオーケストラと共演する機会が訪れた。学内のメモリアル・オーディトリウムで、モーツァルトのピアノ協奏曲20番を演奏した。音楽学部の教授や学生をはじめ、私の学科の友人や親しい日本人留学生、そしてゲインズビルの町の人たちが来てくれて和やかな雰囲気の中で妻は演奏した。そして同席したポールはことのほか喜んでくれた。

それからの一年は新しい生活を築くと共に、それぞれの卒業へ向けて走り出した。私と妻はアメリカに来てそれぞれ4年と3年が経ち、ちょうど私は30歳になったばかりで、妻は28歳であった。

12、卒業に向けて

博士課程の最終試験への目処がつき、博士論文の執筆にとりかかった。当時は手書きで原稿を作り、それをタイプライターで打ち込み、図は黒インクを使って製図用のカラス口と定規で仕上げ、それをタイプされたページに貼り付けるという作業だった。原稿のドラフトを書くに当たって、当時はまだワープロのような手段はなかった。

そこで私は少しでも効率を上げようとコンピューターによるテキストファイルを使って下書きをしようと試みた。私が英語で論文を書くと赤字で修正する箇所が多すぎた。とてもそのままではタイプライターで打てる状態ではなかったので訂正した原稿を再度書き直す必要があった。そこで「効率を上げる」とは、なんとか原稿を書き直さずに簡単に修正できないものかと考えた苦肉の策であった。

テキストファイルを作るにはコンピューターが必要だったが、大学のコンピューターを使うには荷が重すぎた。そこで当時Z80というマイクロプロセッサーを搭載したキットがクロメンコという会社から売り出されていた。そこで貯金を叩いてそのキットを買った。キットを開封すると、コンピューターのマザーボードにはメモリー素子やマイクロプロセッサーがすでにはんだ付けされていた。キットを完成させるためには、説明書にしたがって数々のダイオード、抵抗、コンデンサー、スイッチ等を指定された場所に差し込み、

クロメンコ社のZ80

はんだ付けをするという作業が必要だった。こうした作業は幼い頃から電子部品を使って色々な回路を作って遊んでいたから私の得意とするところであった。

そうして作られたマイクロコンピューターをキーボード付きのモニタースクリーンと組み合わせテストをした。そしてドットプリンターにつないでテキストファイルを打ち出せるようにした。そのような作業をしていると、ポールや他の大学院の学生は何やらフミオが変なことをはじめたと興味津々で研究室に見にきたものだった。

ワープロとまで行かずとも、ともあれ論文の草稿を書き上げることができ、仕上げをポールの秘書に一枚88セントという値段でＩＢＭのタイプライターを使って打ってもらった。ところでマイクロコンピューターを部品から作って、試運転をして、プログラムを組んでテキストファイルを作るまでにはそれ相応の時間がかかっているので、それでどれほど効率が上がったかどうかはあまり定かではない。しかし、新し物好きの私にはそうした取り組みが何よりも楽しかった。

ちょうどその頃妻も修士課程を修了するに必要な単位をとり終え、音楽学部で必修の卒

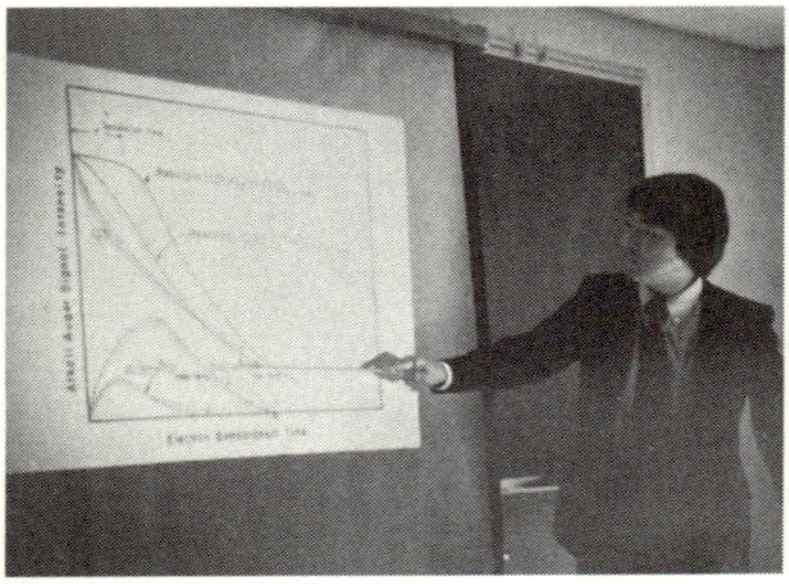

学位論文発表

発表準備をする様子

業リサイタルと最終試験への準備に取り掛かることで忙しくなった。その頃妻は妊娠していることがわかり、体調を気遣いながらもリサイタルに向けて音楽学部の教授や学生が協力してくれた。それから数ヵ月して生まれてくる子供の事で体調の管理もあり、彼女の指導教官の采配で修士課程の卒業リサイタルと最終試験は日程を繰り上げて行われた。

妻の最終試験とほぼ時期を同じくして私は博士論文を完成させ審議会に提出して最終試験の日程が決まった。口頭試験はホロウェイ先生をはじめ審査員5人からなる審議会とそれを聴講する学生やスタッフの前での1時間ほどのプレゼンだった。

当時は発表する資料を写真機で撮影をして35ミリのネガを作り、それからスライド用のポジフィルムを焼き付けるという作業が必要だった。そしてそれらをスライドプロジェクター用のカートリッジに入れて、一枚一枚をスクリーンに投影し、画像を細い棒で追いながら説明するというやり方だった。その発表の仕方にポールから沢山の助言をもらって徹底的に訓練させられた。後に私が教授になった時、学生にうるさく発表の仕方で要求するのはここからきたものかもしれない。発表は無事に終わり、その後の審議会から合格の知らせを受けた時一つの大きな人生の山を越えたような気がした。

13、娘の誕生

1981年1月13日午後3時に娘が生まれた。名前をMonicaとした。生まれた翌日にホロウェイ先生夫妻が病院にきてくれて、ニコニコと妻を労ってくれた。

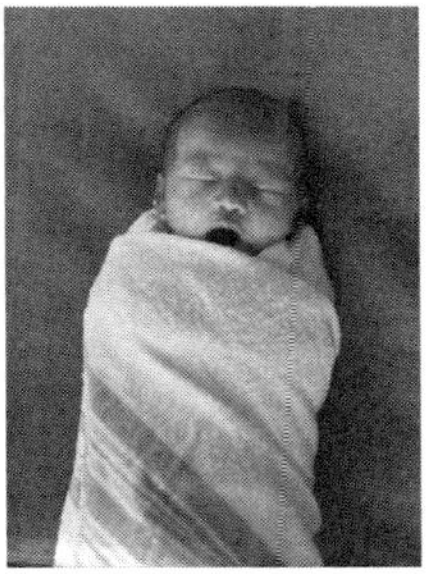

Monicaの誕生

娘が生まれて43年経った今、当時の記録を見直して新たな感動を覚える。出産前の十週間をラマーズ法の練習のためにコミュニティセンターへ二人で通い、呼吸法の練習をしたり、エコーで生まれてくる娘の映像を見て喜んだり心配したりの毎日だった。

そして最初に産気づいて産まれるまでの14時間はただ夢中で、何をしたのかあまり記憶にない。気が動転していたのだろう。そして分娩に立ち会って娘が産まれる瞬間はこの世の奇跡を見たような感じだったが、これが我が子かという感動を覚えたのは、妻と一緒にタオルに包まれた娘を見た時だった。

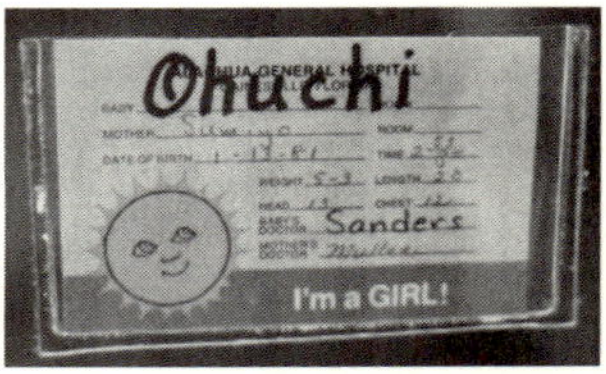

14、卒業、そして

妻と私の最終試験がそれぞれ無事に修了し、あとは卒業式を待つばかりになった。――が私たちには息つく間もなく子育てが始まった。それは二人にとってはまさに未知の体験で全てが新鮮で楽しかった。日に日に成長する娘の姿を見て、さてこれからどうしようかと思うだけで力が湧いてきたが、卒業式が近づくにつれ、私は喜びと不安の狭間にいた。というのは卒業して次に何をするか、どこに行くか、どのように生活するか、そしてどのように職を得るかは何一つ決まっていなかった。

留学生にとって卒業したからといってどこにでも職があるわけではなかった。その一つにビザの問題があった。学生ビザで卒業したあとはOPT（Optional Practical Training）という制度があって有給のインターンまたは就労が1年間は可能であった。しかしそれでは先が見えない。思い返せば意を決して日本を出て、当初の目的は達成した。そしてあのグラビアにあったような大きな研究所で自分の実験室を持ちたいという昔のvague（漠然とした）な夢を抱きながら、一つ一つ着実に努力してきた。それならここでもう一踏ん張りしてどこまでできるか試してみたかった。そこで正規の就職を考えた。

卒業写真

ところが職を得るということは同じ境遇にあるアメリカ人と真っ向うから対決することでもあった。そしてそれはまさに真剣勝負であり、今まで和やかに振る舞っていたアメリカ人の友人からは言葉には出さずとも雰囲気からそれを感じ取れた。

そのような不安を抱えてる中、同年の3月にフロリダ大学の全学の卒業式がフロリダスタジアムで行われた。妻と私は揃って大学のガウンを着て出席した。ポールの奥さんが生まれて3ヵ月の娘を私たちが会場をマーチングする間抱いてくれていた。そして私の母も日本からやってきて私たちの卒業と娘の誕生を喜んでくれた。その時私は31歳、妻は30歳だった。

15、1980年代のアメリカ

ここで当時のアメリカ、そして学生の就職、特に大学院課程を修了した学生が直面する状況、について若干説明しておこう。

1970年代のアメリカは現代のアメリカの混迷、迷走の萌芽が生まれた時代と言えるかもしれない。景気は低迷し、インフレが加速するスタグフレーションという新たな事態に直面していた。ベトナム戦争も事実上の敗北で幕を閉じた。安定した暮らしや将来への希望は薄れ、アメリカにとって70年代は「空白」でしかなかった。しかし世の中が「空白」であったからこそ、私のような外国人留学生が懸命に努力すればそれなりの見返りを受けることができた時代だったかもしれない。

そして1981年は共和党のレーガンが民主党のカーター前大統領を大差で破って大統領に当選した年だった。その後レーガノミクスによってアメリカは好景気を迎えることになるが、一方で減税と軍事費の増大による財政赤字と高金利政策がもたらしたドル高による貿易赤字を抱えることになる。折しも日本がその頃から自動車や半導体という基幹産業で力をつけアメリカへの輸出を伸ばしたことで日米貿易摩擦が起こった。そうした中で80年代のアメリカ経済においては、相対的に存在感を失ったアメリカの製造業より、金融自由化によって力をつけた銀行や証券などの金融業が活発になりニューヨーク・ウォール街が世界の経済の中心になった。

また企業においては1970年代から80年代に多くの中央研究所が設置され、大学院を卒業して学位をとった科学者や技術者が産業研究に流れ込んだ。それは基礎研究から優れた発明が生み出され売上や利益をもたらすという「リニアモデル」というプロセスでイノベーションが世の中に広まってきた。こうした信念の下に多くの企業は基礎研究を中心とした中央研究所を設立し、私が卒業した頃はまさにその絶頂期であった。大学は優れた若手研究者を中央研究所に送り出し、企業はそうした人材を求めて大学と強く連携した時代だった。

16、アメリカでの就職・人生二番目のターニングポイント

そうした背景もあって私が卒業後にヘンチ先生をたずね自分の夢を語るとデュポン(DuPont)社の中央研究所のディレクターとコンタクトをとる手筈を整えてくれた。またホロウェイ先生もアメリカの大手半導体メーカーのフィリップス・シグネティクスを紹介してくれた。このように私の就職も当時のアメリカ大手企業が抱える需要と供給とあいまって事はうまく運ぶように思えた。

しかしながらこのような状況がアメリカの主要大学で起こっているということは、大手企業の中央研究所の一つのポジションには博士課程を卒業した優秀な若手研究者が殺到し、熾烈な戦いが繰り広げられるということでもあった。それは一筋縄ではいかない事であった。そこでそれに打ち勝つためには自分がいかにそのポジションにフィットするか、そして職を手に入れるためのストラテジーを徹底的に考えた。

アメリカでの就職は日本のように入社試験があるわけではないので自分自身の個性と特徴を明確に示す必要があった。そこで私は就職とは雇ってもらう事ではなく自分がどれだけ相手にとって役に立つ存在かを示す事と考え、自分でできることが会社と社会にどのように貢献できるかを示そうと思った。それは社会的、経済的、物質的、または安全保障やインフラへの寄与でも良い。そうした事への関与する考えを持って話すことをarticulateと英語ではいう。辞書でこの言葉を調べても中々その本意には達しないが、まさにそれを知ったことが第二のターニングポイントだった。

17、インタビュー（会社訪問）のプロセス

それぞれの企業はその必要とする人材をポジションごとに応募者を募り、そこから数名を選び出してそれぞれのポジションでインタビューする。日本のように就職活動期間というようなコンセプトはない。就職はあくまで個人単位で行うことが常だった。

例えばデュポン社の中央研究所にインタビューに行った時は、丸2日間のプロセスでまずは人事部署（Human Resource、HR）の人との朝食会議から始まった。午前中は研究所のディレクターと面談し、研究セミナーで自分の行った研究成果を話してそれがどのようにそこで必要とするポジションに貢献できるかで質疑応答した。さまざまな質問に即座に答えられることが要求された。昼食後は数人の研究所の科学者と直接面談し、実験施設などを見学した。そこで一旦ホテルに戻されて夜は研究所のディレクターともし採用されたら将来私の上司となるべく科学者など4〜5人と夕食を共にした。そして翌日はまた朝食から始まり会社内の見学を含めて主にＨＲ関係の人と面談するというプロセスだった。２日目が終わるころには体力的にも精神的にも疲れ果ててしまうが、これがその当時の典型的なインタビュー・プロセスであった。

デュポン社はアメリカ東海岸の象徴的な大企業であるのに対して、フィリップス・シグネティクスはカリフォルニア・シリコンバレーの中心地サニーベルにあって、アメリカ西海岸のもつカジュアルなカルチャーがあって、会社の雰囲気は異なっていた。とはいえ、人選に関して本質的には同じようなプロセスで審議された。会社にしてみれば一つのポジションにこれだけの時間と人材をかけるから、それに見合う人材を見つけなければ元も子もないことになる。このようなプロセスを経てインタビューから2ヵ月ほどして両社からオファーの手紙を手にした時はさすがに喜びを隠せなかった。

オファーの手紙をもらって検討した結果デュポン社に同意の手紙を送った。だが、それですぐに働くことができるわけでなかった。それは私が外国人留学生であったため、私が働くためにはそのためのビザまたはグリーンカードを取得する必要があった。しかしそのプロセスは容易ではなかった。

それは私がオファーに対してアクセプタンスの意思表示をしたことで、会社は再度アメリカ全国版の公募欄に今度は職種に関してはごく限定的な内容で公募の通達を出した。そしてそこに応募してくる人には公平に応える義務があり、一定の応募期間中に私以外にはこの職種に適当な人材を見出すことはできなかったという事実をアメリカ合衆国労働省に示す必要があった。こうしたプロセスは大変時間とお金のかかることであったが、このようなことまでして当時の大企業の中央研究所が人材を確保するという徹底ぶりに驚いた。さらにデュポン社は私を卓越した能力の保持者というカテゴリーで米国永住権（EB－1A）を申請し、実際にグリーンカードが私の手元に届いてデュポン社の中央研究所で働き始めたのは卒業から

３ヵ月たった6月からだった。

18、デュポン社中央研究所（Experimental Station）

デュポン社はその昔フランス革命時に移住してきたEleuthére Irénée duPontにより黒色火薬の製造販売がなされたことに始まる。正式な会社の名称はE. I. duPont de Nemours & Companyという。なだらかな丘陵と美しいブランデーワイン川に沿って建つハグレー博物館を訪れると２５０年に及ぶデュポン社の歴史に触れることができ、川沿いに建てられた数々の石造りのミルから当時の様子がうかがえる。フランスの著名な化学者Lavoisier（ラボアジエ）の下で会得した当時最高水準の知識を活かし、火薬技術の進歩に大きく貢献した「研究主義」の精神は、その後デュポン家の人々に引き継がれデュポン社の社風として生き続けた。

それから１００年これらの研究中心の方針は人類の生活に革命をもたらした人工合成繊維ナイロン、つづいてテフロン、ケブラー等一連の発明として実を結び、数々のヒット商品が生まれ世界の化学界をリードしてきた。その中核をなす機関がデラウェア州ウィルミントン市郊外にあるデュポン社中央研究所（Experimental Station）である。

この研究所は基礎研究を担当するCentral Research & Development Department（CR&D）部門とOperating Departmentの長期研究開発グループから構成されている。設立は１９０３年で、産業界が設けた中央研究所としては最古で最大のものである。木立に囲まれた50ヘクタール（東京ドームの10個分）の広大な敷地には、昔でこそ十分な空間を保って点在した研究棟も私が入社した当時で80にも及び、あらゆる分野の科学者１７００人を含む所員４０００人を擁するExperimental Stationはデュポン社の総合研究機関として知られていた。

デュポン社中央研究所

私が在籍した当時は物質（Materials）と生命（Life）科学に最重点がおかれていた。CR&D部門は先端部質、物理化学、高分子、生命科学、分析の５つのセクションからなり、大企業が故に成り立つゆとりを持って研究者が自由な発想で研究の芽を生み出し育成することが尊重されていた。

19、最初の研究課題

私はそのCR&D部門の先端科学セクションに配属され、最初の2年間はメチルアルコールの部分酸化により化学合成過程で最も大切な中間化合物、ホルムアルデヒド、の生成課程を研究する課題が与えられた。当時デュポン社ではプラントで使っていた触媒を改良する必要があり、CR&D部門にその課題が持ち込まれたためだった。

触媒というそれまで扱ったことのない分野ではあったが、幸い優秀な同僚に助けられ徐々にその分野の感覚を掴んでいくことができた。そして当時新しい手法として注目を集めていたX線光電子分光という手法を用い触媒の表面科学の分野の研究に入っていった。思えば大学院当時携わっていた装置を徹底的に理解し、分解し、改造し、そして改良していった実経験が直接役に立った。

そんな日々が続き、ある時私は上司に呼ばれた。新しい研究分野で異種物質間の界面を解き明かす研究が始まるので、独創的な手法を考えてそのプランを提出するように言われた。異種物質界面の物性の研究とは、当時の急速に発展してきたエレクトロニクス・パッケージングや複合材料への応用として、金属、セラミック、ポリマー等の異種物質間の反応性やその界面の構造の解明することであった。それはまさに次世代の新しい物質やその用途を開発する上で重要な課題であり、こうした課題を若手研究者に与え独創的な研究環境を作るのがその当時デュポン社のCR&D部門が行っていたやり方であった。そしてそれは私が心から望んでいたことであり、その時ほど自分を誇らしく思ったことはなかった。

それからの半年間はそれまでの経験を元に実験手法を徹底的に考え、具体的にどのように遂行して行くかを計画した。同時に米国エネルギー省の研究所を視察したり、色々な大学の研究室を訪ねて知見を深めることにデュポン社は協力してくれた。そして当時何が最先端であるかを知る良い機会であった。そして半年に一回開かれるCR&D部門のResearch Reviewというディレクター以下全員が集まる会合で自分の考えを発表した。提出したプロポーザルは評価され賛同を得て予算がついた。こうしたプロセスを通して独自の研究テーマを提案し採択される事が、当時のデュポン社における若手研究者の登竜門であった。

20、デュポンでの研究生活

こうした経緯で始まった新しい研究で、私は当時折りたたみ式の携帯電話の本体と表示盤を繋ぐために使われていたポリイミド樹脂上の銅配線の接着強度の不安定性に注目した。折しもその問題はデュポン社が開発したポリイミド樹脂のエレクトロニクスへの応用と相まって最も注目が集まっていた問題でもあった。そこで私はポリイミド樹脂上に超高真空中で銅原子を徐々に蒸着して銅薄膜になる過程をＸ線光電子分光でリアルタイムに観察をする手法を開発し、何が銅の接着に起因しているかを調べた。

当時ハーバード大学で博士号を取得して入社してきた若手化学者、スティーブ・フライリッチと組んで仕事をしていたが、それは有機化学と無機表面科学の融合という観点から学会でも注目された。またこの問題はＩＢＭワトソン研究所のポール・ホー博士の研究グループでも取り上げられ、両グループが切磋琢磨して進めていった研究課題でもあった。

一旦実験手法が開発されると、次々に新しい課題への発展的な応用が始まった。そしてその中で最も時間をかけて研究したのは金属とセラミックの界面の問題であった。

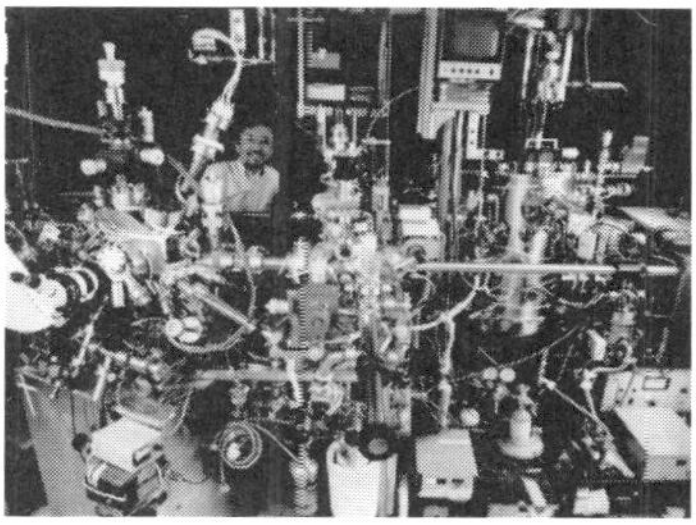

デュポンの著者研究室

当時工業界ではエレクトロニクス基盤への応用も含め、金属とセラミックの接合技術が新たな注目を集めていた。接合面の強度や構造解析に関しては数々の独創的な手法が開発されていて、それらは日本では東京大学や大阪大学が中心になり様々な国立研究所が入って国家プロジェクトになっていた。アメリカではカリフォルニア大学サンタバーバラ校のエバンス教授、ハーバード大学のハッチンソン教授、そしてＩＢＭワトソン研究所、ドイツではマックスプランク研究所のルーレ教授などが中心になって当時の世界プロジェクトになっていた。

その中で私は金属とセラミックの接合界面のごく近傍での化学反応という未踏の分野に着目し、開発してきた実験手法を適用した。そしてそれが数々の成果を生み、１９８６年に開かれたゴードンコンフェレンスで基調講演に招待された。

添付の写真は当時私が設計して作り出した実験装置であるが、こうした装置作りを含め、新しい手法を色々な金属とセラミックの界面科学の研究に応用し、数々の学会で注目を浴びた。思えば私の最初のターニングポイントで「電子材料」という雑誌に載ったＩＢＭワトソン研究所と江崎博士の研究室を夢見ていつか自分でもそのような研究室を持ちたいという「vague な idea」が実現した瞬間だった。

そしてこれを機会に東京大学生産技術研究所の石田洋一先生が私を日本の金属学会で紹介し、当時大阪試験所の若手計算理論科学者、香山正憲氏と組んで研究するようにアレンジしてくれた。当時実験と計算科学による金属・セラミックの界面の研究という新しい分野を切り開いたことで、その成果は国際共著論文という形でアメリカンセラミックソサエティの学会誌に Feature Article として１９９１年に取り上げられた。確かに当時は一念通天の思いで突き進んでいった時代だったが、幸運な環境に恵まれ、当時指導して下さった先生方や先輩そして同僚には感謝の念でいっぱいだ。

デュポン社中央研究所は１８８０年代に作られた従業員のレクリエーションクラブの敷地の一部に建てられていた。その周りはその後１９２０年にデュポンカントリークラブとしてオープンした。そして研究所の敷地のほぼ中央にある当時のクラブハウスが職員食堂になっていて、そこでは毎週様々な研究グループのランチミーティングが開かれていた。その頃私は研究所の表面科学グループにも所属して月に一度そこで皆とランチを共にして、誰かが持ち寄ったトピックで議論する時間を楽しんでいた。

そんなある日走査型トンネル顕微鏡という新しい手法が紹介された。それは1982年にスイスのゲルト・ビーニッヒとハインリッヒ・ローラーによって発明され、非常に鋭く尖った探針を導電性の物質の表面や表面上に吸着した分子に原子レベルまで近づけるとトンネル電流が流れ、原子レベルの電子状態や構造が観察できるという画期的な実験手法であった。その後その業績は1986年にノーベル賞として讃えられることになったが、まさにそれは当時二次元的な構造を持つ層状物質で資源・環境・エネルギーなどの分野における機能開拓と性能向上を目指した研究に適していた。

そこで小さなグループが作られ、走査型トンネル顕微鏡を使って調べるプロジェクトが発足した。その中で私は以前から培った超薄膜作りと「その場観察」という実験技術の腕が買われて社内の共同研究に参加することになった。こうしたいわば探索的で模索的なプロジェクトであっても当時は研究者が自由な発想で研究の芽を生み出すことをデュポンは支援してくれた。そしてその当時行った研究成果を発表した論文がそれから40年経った今、数々の研究者から引用されていることは私にとって人生の宝物のように思う。

21、ウィルミントンでの生活

アメリカで初めての社会人としての私たちのウィルミントンでの生活は、全ての点において学生の時とは違っていた。まずはウィルミントン市に越してきて家が買えるように、当初から計画していた頭金をフロリダの家を売った資金で賄なうことができ、幸先の良いスタートが切れた。それほど大きな家ではなかったが、小さい娘とフロリダから連れてきたゲーターという愛犬には十分で、妻のピアノも居間に入れることができた。そこで妻はピアノ教室を始め、最初は近所の子供を中心に、それが徐々に発展していき彼女の名前が知れ渡るようになった。

その後妻はウィルミントン音楽学校のピアノ講師になって、ウィルミントン市に住んでいるデービッド・ブラウンというピアニストを中心にしたピアノ音楽仲間に加わるようになった。ブラウン氏は20世紀を代表する大ピアニストの一人として数えられるルドルフ・ゼルキンの弟子であり、優秀な作曲家でもあった。妻はことのほかそのグループを気に入って毎回参加し、音楽仲間を通してその社会に入っていった。ブラウン氏はピアニストでありながら、作曲家としての視点で楽譜を読み、深く曲の構成を解釈する姿勢に妻は感銘を受け、沢山の事をこのグループの集まりから学んだ。そしてウィルミントン音楽学校の活動や自分のピアノ生徒の発表会を毎年企画し、彼女のピアノ教師としての評判は上がってきて忙しい毎日を過ごすようになった。私の毎日は研究所と家の往復だったが、それでも娘の成長を妻と共に喜び一生懸命に育てた。

そんな生活の中でフィラデルフィアにある日本人会に参加するようになった。最初はその日本人会が開いている子供のための日本語学校で娘も8歳ぐらいになってから通うようになった。ただ8歳からの入学ではすでに前から通っている子供の日本語の学力には到底及ばず長くは続かなかった。当時どのくらいの人数の日本人家族がウィルミントンやフィラデルフィアに住んでいたか定かではないが、日通から派遣されてフィラデルフィアに住んでいた斉藤氏がフィラデルフィア日本人会の会長で、色々なイベントを精力的に企画していた。その中で毎年正月に開かれる新年会では、皆が一品料理を持ち寄り、和やかな雰囲気の中で宝くじや寅さんの映画を楽しんだ。まだビデオやＤＶＤが普及していない頃だったので、映画は16ミリの映写機を使って上映された。

22、娘の成長

娘は一歳になる頃から喜んで歌うようになった。「はとぽっぽ」の歌を覚えたが、どうしても「はと」の「と」がうまく言えない。そこで、ぽ、ぽ、ぽ、はぽっぽと歌たっていた。ところが音程はしっかりしていて、手を叩くと喜んで何度も歌ってくれた。妻の母がＮＨＫの「みんなの歌」の楽譜を送ってくれたので、娘は妻の伴奏で一緒になって歌うようになった。特に「犬のおまわりさん」、「ぞうさん」、「やぎさんゆうびん」の歌が好きでよく歌って、歌詞をそのまま覚えてしまった。しかしまだ口がよく回らず、舌ったらずで歌う姿を見て私たちは喜んだ。

そして2歳になった頃から妻の弾くピアノの演奏や練習を見たり聴いたりするようになっ

た。そのうちに自分から鍵盤を叩くようになり、見よう見まねで始めたことがどうやらとても楽しいようで、妻の手ほどきでピアノの練習を始めた。そして4歳ごろから「音あそび」を始め、妻が同時にいくつもの音をピアノで弾くと、低い音から順番に当てるようになった。どうやらこの時期に絶対音感が身についたようだった。その後デービッド・ブラウン先生の生徒になりピアノの練習を始めた。

そうこうしているうちに子供のためのピアノコンクールに出るようになり、色々な大会で賞をもらった。ただ娘は賞が何の事だかまだよくわかっていなかった。そして娘が6歳になった時、フィラデルフィア管弦楽団の子供のためのオーディションで審査員に演奏を聞いてもらう機会を得た。娘は母親の伴奏でハイドンのピアノコンチェルトを弾いた。ただその時娘の年齢ではオーディションの参加資格の規定年齢に達していなかったため、それはブラウン先生による特別の配慮だった。そして娘はコンチェルト最後で弾くカデンツでブラウン先生の手解きで娘が作曲した作品を披露し、審査員から特別賞が授けられた。

後に私たちがワシントン州シアトルに移って娘が本格的にピアノを始めるようになり、その後ピアニストとして身を立てられるようになったのはこの頃の基礎的なトレーニングとピアノが何よりも好きだということが大きく寄与していたように思う。

23、母の死

昭和59（1984）年3月13日未明に私の母は亡くなった。享年69歳であった。

亡くなる3年ほど前から直腸の癌を患い、人工肛門をつけての生活を余儀なくされていた。私が15歳の時に父が亡くなって、それ以来女手一つで私と妹を育ててくれた。声楽家として演奏活動をして、大学で教鞭をとり、また自宅で弟子の育成に生涯を捧げた母も最後は病に臥した。私は母が亡くなる3ヵ月前に日本へ帰り、すでに病床にあった母を見守ったが、せいぜい一週間程度しか一緒にいることはできなかった。そして帰る日に、熱いお茶を入れてくれ、と言われて、病院の簡易台所のレンジでお湯を沸騰させ、熱いお湯を煎茶に注いで持って行った。母は美味しいと言ったことを今でも鮮明に覚えている。そして「あなたは忙しいのだから早く帰りなさい」と言った。それが私が聞いた最後の言葉になった。

母は戦時中満州で暮らしていて、終戦後父とは離れ離れになり、満州からの引き揚げの際に私の兄二人と姉一人を失った。この悲しい出来事について母は一切語らず、医師であった父が満州からシベリアに勾留されてその後日本へ帰ってくるまで一人で頑張ったという。その後私は昭和23年に、妹は昭和26年に生まれた。それ以上の話は知らないが、それだけ私と妹にかける思いは大きかったのだろう。妹と私の妻の姉たちは母が入院してからほぼ毎日のように看病に通ってくれ、そして最後を見届けてくれた。

今となっては何故もっと一緒にいてやれなかったのかと悔やむばかりだが、母は私が何か始めたことを一度として止めたことはなかった。勿論アメリカに行くことも全面的にサポートしてくれた。そして少しずつでも成長していく私が彼女の心の支えだったようだ。それは私も同じ事が娘に言える。親とはそういうものなのだろう。

24、1980年代の企業の研究開発とマネージメント

ここで1970年から80年代にかけてアメリカの大手企業での研究開発と研究マネージメ

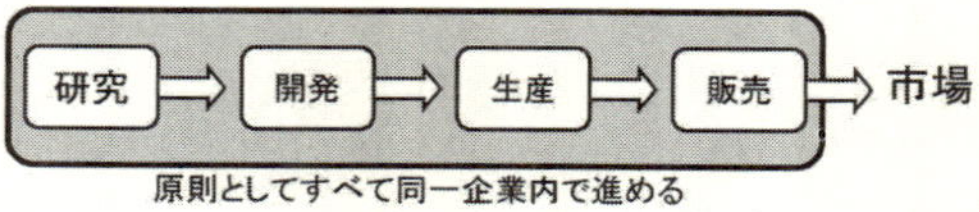

リニアモデル（垂直統合）の図

ント、そして90年代に入ってからの変革について説明しておこう。

　１９７０年代およびそれ以前には、基礎研究の産業界におけるスポンサーとしての主要企業、例えばデュポン（DuPont）、ＩＢＭ、エクソン、ゼロックス（Xerox）、コダック、ＧＭ、ＧＥ、ＡＴ＆Ｔなどは売上のマーケット・シェアが大きく研究コストを十分にカバーするだけの利益率があった。したがってこれらの企業は中央研究所をさらに強化し、「リニアモデル（垂直統合）」というプロセスでイノベーションが世の中に広まっていた時代だった。リニアモデルとは、単一の企業内での「研究から開発へ、そして製造・販売」という垂直統合の流れから革新的な製品・サービスが生み出され、それが広く普及するという流れのことである（上図）。そして「研究開発は成長のエンジンだから」というエンジン説が産業界では共有されていた。

　私が入社した１９８１年はまさにリニアモデルで数々の商品がすでに生まれデュポン社は潤っていた。ＣＲ＆Ｄ部門では大学や研究機関との学術交流も盛んで、次々と各国のエキスパートが講演に招かれ、最先端の研究情報を聴くことができた。またコンサルタントの大学教授とは個人的に指導を受ける時間もアレンジしてもらえた。そして国際的な学会やデュポン社内の会議、セミナーへ参加する事も大いに奨励されていた。CR&D部門はこのようにデュポン社の経営者の中で利益を追求したビジネスとは一線を画していた。

しかしながら技術開発が世界的に激化していく中で会社の利益にどのように寄与するべきか、そしてどの程度予算を取るべきか、基礎開発研究から得られた成果をいかに効果的にビジネスに結びつけたら良いか、大学や国立研究機関との交流はどう調整したらよいか、はCR&D部門が設立されて以来の問題点で試行錯誤が繰り返されていた。

折しも1980年代は日本がバブルで絶好調の時代であり、1989年にはソニーが米ハリウッドの映画会社、コロンビア・ピクチャーズの買収を発表し、同じ年の10月には三菱地所がニューヨークの中心にあるオフィス・ビル「ロックフェラーセンター」を手中に収めた。急速に進んだ円高とバブル経済で生まれたジャパンマネーが世界を震撼《しんかん》させた時代だった。

そうした時代背景に加えて市場のグローバル化、自由貿易主義は規制緩和政策などの結果、アメリカの巨大企業にとっても手強いライバル企業が出現し始め、中核事業の利益率が減ってきた。そして80年代の後半になる頃からアメリカのリニアモデルに代表される研究マネージメントの姿が少しずつ変化し、中央研究所の時代から産学連携への時代の幕開けが訪れた。

欧米社会の伝統では長いこと「知」と「技術・産業」は分断されていた。しかしながら産学連携が盛んになると、新産業を生み出したり、新しい雇用を創出するのは大学であるという機運が高まってきた。そして大学の仕事に基づくベンチャー企業が発足し、それを起こすのは企業家だという概念が世界中で期待され始めた。すなわち水平分業の始まりの時期だった。

私はこうした時代背景からリニアモデルが変わっていったことに加え、80年代は情報の伝達速度が早まったことも企業改革を推し進める大きな要因の一つであったとも考えている。デュポン社内では当時VAXという大型のコンピューターを採用していたが、それは科学計算のみならず電子メールの普及に大きく貢献していた。入社当初から電子メールが社内の情報伝達に大きな役割を担っていたが、デュポン社では初期の段階からインターネットが使われ始めて、80年代後半になるとさらにその利用度が高まってきた。

そうなると比較的小規模の組織が得意技を持ち寄り、ネットワークを介して分業する方が大企業の自前主義よりうまくいくようになった。そしてそれが共通認識として徐々に定着していくと、研究開発の重点は中央研究所から事業部研究所へと移されるようになった。それによってリスクを最小限に抑えることができ、顧客の短期的ニーズに開発活動を合わせられるようになると、事業部が中央研究所における開発をコントロールする動きが高まってきた。すなわち企業内での水平分業が始まった時期でもあった。

こうした経営マネージメントに於ける垂直統合から水平分業モデルへの移転がアメリカではすでに90年代の初めに始まっていた。それに対して、日本で人々の意識や企業のスタイルが変わっていくのに25年もの遅れをとった大きな要因は産学官連携での意識の差にあると私は考えている。

25、大学への動き

リチャード・S・ローゼンブルームとウィリアムス・J・スペンサー編による『中央研究所の時代の終焉（西村吉雄訳）』で取り上げられているように1990年に入ってアメリカの研究開発活動は産学連携が主体になってきた。それはリニアモデルがすでに機能しなくなり、企業の研究活動における一つの時代が終わろうとしている事を告げていた。そしてそれは企業の中央研究所から大学へと人が徐々に移動していくことを意味していた。

『中央研究所の時代の終焉』
（西村吉雄）

私が所属していたCR&D部門の先端科学セクションでもメンバーが一人二人と大学へ移る動きが出てきた。毎日の研究所での生活の中にも何か普段とは違った雰囲気が漂い始めた。私も共同研究をしてきた大学との接点が増えてくると、大学は企業に何を求めているかが徐々にわかってきた。そして私自身の中に今までに自分が得た知識と経験を今度は大学の立場から見てみたい、さらにそうした知見を若い人と共有したいという気持ちが強くなってきた。

とは言っても大学に簡単に移れるものではない。それは私が考えるのと同じことをアメリカの大企業の中央研究所の科学者たちが考えているということでもあった。そこで一つの公募が出るとそこには何十人という応募者が殺到し始めた。勿論外部から誰が応募しているかなどはわからないが、後に私自身が大学教授になって選考の立場に立った時、一つのポジションに100人、200人の応募があることはザラで、当時でも同じような難易度になっていたはずである。

私がデュポン社に応募した時は少なくとも博士課程を修了したか少し経験を積んで応募してきた若手研究者同士の競争であったが、教授職の獲得となると訳が違う。しかも当時の大学からは Associate Professor（助教授）より上のランクを対象とする公募が多かった。ということはすでに各分野で十分に経験を積み、学会でも名を挙げているプロ同士の戦いであった。しかもアメリカならではの様々なバックグラウンドを持つ人々には誰一人として同じようなタイプはいなかった。我こそが一番と名乗りをあげようとする強者ばかりであった。

26、教授のセレクションプロセス

大学の教授のセレクションプロセス（選考過程）はそれぞれの大学の学部や学科によって多少異なるが、共通することは「簡単にはいかない」ということである。それは単に選定プロセスが複雑ということだけではなく、その公募がどのような形で出ているかによる。後に私が教授職を得て大学側から見た選定のプロセスがわかると、改めて当時どのように、そしてどうして自分が選ばれたかに驚かざるを得ない。それは追って説明するとして、まず応募に対して色々な資料を用意することから始めた。

当時は全く先の見えない暗中を模索するような気分であったが、まずは自分の経歴を事細かく記載することから始めた。その上でこれから大学で始めたい研究内容を書き、それが大学にとってまた社会にとっていかに重要であるか述べた。またそれがどのように外部からの資金調達にふさわしいかも納得させる必要があった。そして自分が教えたい授業について提案し、すでに学科で提供されている授業の内容を見て、それをどのように教えていくか、また変えていくかについて提案した。それはすなわち教授としてその学科でどのような貢献ができるかについての具体的な提案と査定を示したプレゼン資料を作ることであった。

その中で私はこれから五年先に世界がどのように変わり、世の中が何を求め、それに見合う研究題材は何であるかについて、デュポン社が対応していた事柄をも含めて説明した。「五年先」とは私の最初の博士課程の学生が卒業していく時期であり、学生にとって将来を見越した研究テーマを見つけていく事が大切であると力説した。こうした私の考えは注目された。

次に大切なことは特定の推薦者を選んで推薦状を書いてもらうプロセスだった。実はこの推薦状が最初と最後の選定の段階で決定的な意味を持つ。最初の選定とは例えば一つのポジションに100人の応募者がいたときはその中からまず選考委員会は10〜15人ほどに絞る。その選定では経歴を読んでそのポジションに合うかどうかをまず査定し、同時に推薦状を査定、この両方でほぼ決まる。これをファーストカットといい、まずこのプロセスに残ることが必須であった。

その上でさらに4〜5人に絞るショートカットが行なわれる。この場合は経歴と業績の詳細と研究と授業への提案を評価する。このプロセスはかなりの時間をかけて行われ、その上で再び推薦状と照らし合わせて絞り込む。教授職を得て選考する立場になった時そのプロセスがいかに露骨で、場合によっては政治的な圧力も加えられることも少なくないことを知った。特にその学科で大きな外部資金を得て華々しい成果を上げているような大物教授の影響は大きい。

ともあれショートカットで選ばれた応募者は一人ずつ大学に招待されて2日半から3日のインタビューを受ける。インタビュー自体は以前デュポン社で行ったプロセスと基本的には同じであるが、模擬授業と言って学生を交えて授業をすることを要求されることもある。また昼食を大学院生と一緒にとり、後に選考委員会は学生からの意見も聞く。このようにしてインタビュープロセスが終わり、あとは選考委員会からの結果待ちということになる。

大学の選考委員会はショートカットで選ばれた応募者のインタビューが終わった段階でそれぞれの応募者の適応性について徹底的に検討するが、その最後の決定打は推薦状で決まることがよくある。特に二者択一の場合は尚更である。また全く第三者的な立場の他の大学のその分野に精通している教授に候補者のアプリケーションパッケージを送って、もしその大学にその候補者が応募したとして採用に値するかを尋ねるような場合もある。こうした選定プロセスは年毎に厳しさを増し、応募者にとっては熾烈な戦いに挑むことになる。競争激化の大きな理由の一つには次に説明するように、採用した際に契約するスタートアップパッケージの大きさが年々大きくなってきたことにある。そのため学科にとっての金銭的な負荷は大きくなり、採用した人が近い将来に成功してもらうことが不可欠になってきた。

近年ではAssistant ProfessorのスタートアップパッケージにOne MIllion$（1億円）以上も用意することも稀ではない。そのため採用した若手教授が終身雇用（テニュア）や昇進、または外部資金調達でしくじったりすることがあれば、その学科の発展に大きな影響を与え、場合によっては何年もその調整に時間がかかる。したがって、学科としては応募者が卓越した研究と教育の能力を持っていることに加えて、いかに対外的な折衝能力を身につけているかも大きな採用の要因になる。

応募者はこうした赤裸々な内側を知るよしもないが、インタビューが終わって大学から通知が来るまで3～4ヵ月は普通で、もしくは半年以上かかることもある。また応募者が複数の大学からオファーが出たような場合には、さらに時間がかかり最終調整に至る経緯は様々である。

27、そしてシアトルへ、人生三番目のターニングポイント

大学に移ろうと考えはじめて結果がわかるまで、かれこれ6～7ヵ月の時間が経った。その間に私は3つの大学でショートリストに選ばれ、インタビューに行った。幸いにもアメリカ西海岸シアトル市のあるワシントン大学の工学部物質材料工学科からオファーをもらって次への明確な道が開けてきた。

ただオファーをもらったからと言ってそれですぐにプロセスが終わるわけではない。それはオファーに対して今度は私から大学へスタートアップのパッケージの内容で調整する交渉が始まる。調整のために私は2回ほどシアトルを訪れ、学科長とスタートアップの件で議論したり、研究室の備品の準備や設備について相談した。また近い将来に私の学生になるべく大学院の学生とのインタビューも行い、2回の訪問で忙しく動き回った。幸い私の場合は事がスムーズに進み最終のオファーに漕ぎ着けることができた。

そこで１９９１年の末にデュポン社を退職し１９９２年１月２日にワシントン大学の工学部物質材料工学科の助教授として赴任した。そしてこれらの一連の動きは私の人生で最も大きなターニングポイントであった。当時私は43歳になったばかりだった。

28、ワシントン大学工学部物質材料工学科（Department of Materials Science and Engineering）

ワシントン大学

ワシントン大学（University of Washington）はワシントン州シアトルに本部をおく州立大学で１８６１年に創立された。ワシントン州成立以前から存在する名門大学の一つで、米国太平洋岸北西部の中では最大規模を誇る。またキャンパスの美しさは全米でよく知られている。

工学部物質材料工学科は２０１９年に創立１２５周年を迎えたワシントン大学の中でも最も古い学科の一つである。その開校の歴史を紐解くと面白い。そもそもワシントン州の歴史は19世紀末に探鉱者達がワシントン州で発見された鉱物の鉱業を始めたことから始まる。探鉱者たちはワシントン州ピュージェット湾一帯に金、銀、銅、水銀、石炭など産出されたことを知って多く集まり、これらの物質を理解し加工する必要性からワシントン大学の教授や学生を呼び寄せたそうだ。そうした経過から１８９３年11月28日にワシントン大学理事会は「鉱業に携わる人材を育成するため」に鉱業工学部を設立した。やがて学問的な重点は冶金学、金属学、セラミックス、そして複合材料、電子材料、生体材料といった新素材の研究に移っていき、様々な材料に関する基礎研究や応用研究へと広がっていった。

ロバーツ・ホール

　１９２１年に建設されたゴシックスタイルのロバーツ・ホールが現在の物質材料学科の母体になっている。この歴史的な建造物は１９７０年代に１階から４階まで全面改築が行われ、内部は新しくなっていたが、外観は１９２０年代の面影を残すレンガ作りのエレガントな風格を保っていた。ロバーツ・ホールの２階は中央玄関になっていて、学科の歴史を物語る写真や功績のあった教授等の記念盾が陳列されていた。そしてタイル張りの中央ホールを挟んで左右が実験研究棟になっていたが、外目にはそれが実験室かどうかはすぐにはわからない。ロバーツ・ホールの外観に調和した内部の細かい配慮が伺える。

ロバーツ・ホールでの著者研究室

3階は物質材料工学科の学務事務室と学科長室、そして各教授の研究室とセミナールームになっている。私の研究室（オフィス）はその中央に位置し、窓越しに広がった美しい芝生とその奥のシルバン・グローブ野外劇場の森がよく見えた。私はあえて机を壁に向けて設置し、窓際には二人がけのソファを置いた。そしてオフィスの中央には四角いテーブルと椅子を置き、いつでもそこで学生や来客と自由に話ができるようにした。

ロバーツ・ホール4階は大学院生のためのオープンスペースになっていて、仕切り版で区切られたスペースがそれぞれの大学院生にあてがわれていた。また壁面側はガラスドアーで仕切られた個別の研究室になっていて、そこはポスドクや短期滞在の研究者が使っていた。所属の研究室に関わらずそれぞれの学生や研究者がお互いに自由に話ができて、速やかな交流ができるように配慮されていた。

しかしながら、近年急速に発達した物質材料工学の研究には多彩な実験設備が必要になり、ロバーツホールのような建造物では整備的に対応できなくなったので、現在では学科のほとんどの実験研究室は新しく建てられた大学の集合研究棟に集約されるようになった。

29、実験室の立ち上げ

物質材料学科に赴任して早速実験研究室作りが始まった。私にあてがわれた実験室はロバーツホールの2階右手奥にあり約80平米の広さがあった。すでに私の博士課程大学院生としてこれから一緒に仕事をしていく学生は、私の再訪問の際のインタビューで決まっていたリー・ルマナー君だ。彼はカリフォルニア大学バークリー校の物質材料学科の学部を卒業し、ニューヨーク州トロイにある名門レンセラー工科大学で修士課程を修了し、ワシントン大学にやってきた学生だった。そのリーのこれから4年間の博士課程の指導を受けることになったが、まずは実験室の立ち上げと実験装置作りから始めた。私はそれまでに何度も実験装置の設計と製作に携わってきたことで的確な指導ができたが、何もないところから始めるというまさに一からの出発であった。

当時デュポン社のオクラホマ州ポンカ市にあった事業部の研究所からオージェ電子分光とX線光電子分光が一体になった装置一式を提供したいという申し出があった。それは好都合といさんでリーとポンカ市に飛び、装置を大型の木箱に入れてワシントン大学まで輸送するというような作業を行った。その装置を再度立ち上げ、新しく設置した薄膜作成装置と繋げて試運転をし、そこから成果が出るまでには一年半の年月がかかった。しかしそうした体験はリーにとっては貴重なものだった。その後リーは卒業して技術研究員として当時急速に発展してきたインテル社に就職し、集積基盤技術の向上に大きく貢献したと聞いている。このリーとの体験はその後私が教授として学生の研究指導をする際に「学生は研究のすべての行程に参加して習得すべし」という信念に変わっていった。

30、教授として、教師として

こうして実験室が立ち上がり、大学院の学生数も増えそれぞれの研究プロジェクトも軌道に乗って進んでいった。毎日の学生との対面は主にロバーツホール3階の私の研究室で行ったが、その際にOpen Doorポリシーという制度を作った。それは学生との対面での面会ではアポイントメントを取る代わり必要ならいつでも私の研究室を訪ねても良いというものであった。そこで私がオフィスに在室している時はドアを開けておき、いつでもオフィスに入ってこられるようにした。その代わりドアが閉まっている時は私は不在であることを示していた。そうすることによって、私も学生もアポイントメントに縛られることなく自由に自分の時間を使う事ができた。

また私の授業に於いてもオフィスアワーを設けない代わりに、学生は必要ならいつでも会えるということで、このOpen Doorポリシーの評判はよかった。ただ問題は期末試験が近づくと学生がひっきりなしにやってくる事で、その時は結構大変だった。そのうちに学生はよく私の研究室にきて色々な話をするようになった。そんな学生との応対の時間を私は好んでとり、それによって学生と距離が近くなった。

教授としての役割は一般には大学教育に割く時間は40%、研究には40%、そして学科及び学部へのサービス（運営委員会、学部・大学院学生のリクルートなど）に20%と定められているが、外部資金調達の具合により比率が変わることはよくある。またこれから昇進を控えているAssistant Professor（日本でいう助教クラス）とAssociate Professor（助教授、または日本でいう准教授クラス）では研究に割くパーセンテージを上げてより研究に没頭できるように取り図られており、これによって速やかに昇進ができるように配慮がされていた。

またアメリカの大学にはテニュアプロセスという制度があって、Assistant Professorから始めた場合は6年以内にテニュア（終身在職権）を取る必要があった。また私のようにAssociate Professorのランクで入ってもデュポン社では授業をした経験がないことから研究成果だけではテニュアは与えられない。現に私の場合も最初の2年間はテニュアはなく授業での成果が見極められてから初めてテニュア教授となった。その場合には工学部全体のP&T（Promotion & Tenure）委員会で審議され、さらに大学の理事組織からの承認を得なければならなかった。

そのようなプロセスを経てそれぞれのProfessorはランクこそ異なっても独立採算性で研究を運営していくことになる。そこで一番大切なことは外部研究資金の調達であり、そのためのプロポーザル準備に費やす時間は莫大である。多くの外部資金のプロポーザルの締切が新学期の始まる秋口にあるから、夏の3ヵ月の多くの時間がプロポーザルの準備に費やされる。また夏は学生と共に実験室で研究ができる貴重な時間でもある。したがって、夏休みという感覚は全くなく、私が就任した30年間はほぼ毎年のように夏の3ヵ月間は多忙を極めた。

第三楽章、さらなる挑戦と発展

1、娘との生活

「子どもは成長していき親も一緒に成長していく」はまさに私たちにも言えることだった。1981年1月にフロリダ州ゲインズビルで娘が生まれ、デラウェア州ウィルミントンに移ったのは娘が6ヵ月の時だった。それから10年の年月が経ってワシントン州シアトル、正確にはシアトル市に隣接するワシントン湖の対岸の町ベルビューに移った。そのワシントンに移るまでの10年の娘の生活は徐々にピアノが中心になり、私たちもその成長に合わせるかのように生活様式が変わっていった。

そして娘が6歳になった頃から彼女は数々のピアノコンクールに出るようになった。そんな矢先に私がワシントン大学への赴任で家族がワシントン州へ移ることになり、娘がピアノを続けていける環境を再度作り直すという大きな未知数を抱えていた。そしてそれは今まで育ててくれたデービッド・ブラウン先生との別れでもあり、次にピアノ教師が誰になるか全くわからないという不安感でもあった。

シアトルにはピアノ教師は沢山いても誰をという確信は全くなく不安に駆られていた。そんなある日娘が8歳の時に参加したバージニア州のラドフォード大学で開かれたバルトーク・カバレフスキー国際ピアノコンクールのゲスト審査員であったジェルジ・シャーンドル（György Sándor）という世界的なピアニストの事を思い出した。シャーンドル先生は大作曲家ベラ・バルトークの愛弟子であり、当時はジュリアード音楽院の教授で、そのコンクールで優勝した娘にマスタークラスで弾く機会を与えてくれた。

そこで私たちはシャーンドル先生に手紙を書き師の紹介を乞いたら、直ちに連絡があってワシントン大学音楽学部のベラ・シキ教授を紹介してくれた。シキ先生はシャーンドル先生の故郷ハンガリーの同胞であり、幻のピアニストと呼ばれる巨匠ディヌ・リパッティの愛弟子でもあった。その後シキ先生とは家族共々懇意になり、様々な逸話を聞いた。

ベラ・シキ先生

そのうちの一つ。まだ彼がスイスのジュネーブにいた若かりし頃、ショスタコービッチのピアノコンチェルトをスイス・ロマンド管弦楽団と共演するために会場へ向かう路面電車の中で楽譜を見ていたら、前の吊り革に掴まって立っていた紳士から「僕の曲を弾くのかね?」と聞かれたそうだ。そしてその紳士がショスタコービッチ本人だったとは——!

2、娘の進学

その後娘は大学へ入るまでの8年間をシキ先生の指導を受けることになるが、その教授法は前のデービッド・ブラウン先生とは全く異なっていた。「音楽は自分から出てくるもの、作るもの、誰も教えられない」がシキ先生の音楽に対する哲学だった。それは必ずしも11歳の娘にとって簡単にわかる事ではなかった。そして厳しく教えられたことは楽譜に忠実であること、とりわけリズムとテンポ、そしてピアノを弾く時の姿勢には特にうるさく、音楽のフレーズについてはほとんど触れられたことはなかった、と後に娘は昔を思い出して話してくれた。しかしそれが彼女のピアニストとして教わった最も大切で基本の姿勢であった。

ワシントン大学に毎週通いシキ先生の指導を受け、中学生になった時に全米音楽協会が主催するピアノコンクールに出る機会に恵まれた。それは全米50州の予選から始まり、ワシントン州の代表に選ばれた後に、次の地区予選を経て最後は6人の地区予選優勝者で争われる全米音楽協会のコンクールであった。こうした一連の勝ち抜き戦は半年にも及んだが、娘は優勝してボールドウィン音楽賞が与えられた。そしてそれを皮切りに今度は仙台で開かれた若き音楽家のためのチャイコフスキー・ピアノコンクールに出場した。娘は入賞は逃したが、娘にとって日本で開かれたイベントに参加できたことで、外国である日本をその時身近に感じることができたという。そして高校生になり、同じく全米音楽協会の高校生の部の全米コンクールに参加し州予選、地区予選を経て本選で優勝してヤマハ音楽賞が授与された。

こうした一連の訓練を経て大学へ進学する時期になった頃、娘にとって思いがけない機会が訪れた。それは当時ワシントン大学で開かれていたピアノ演奏会シリーズに招待されたマレイ・ペライアという世界的なピアニストにシキ先生が娘の演奏を聞いてもらう機会を作ってくれた事だった。後日その時の様子を娘から聞いて、ペライア氏の徹底した曲の分析と理解、そして譜面への忠実さを目の当たりに見たと言っていた。

そして大学を選ぶ段階になってシキ先生は私と妻にジュリアード以外は考えられないと言

われたが、後にジュリアード音楽院の学生の選抜方法を知って娘がよくそのプロセスに耐えられたと驚くばかりだった。

ジュリアード音楽院には当時８００人以上のピアノ専攻の学生が全世界から応募したと聞いた。その中からまずはカセットテープに自分の演奏を録音して大学に送るテープオーディションで選考は始まり、約１５０名に絞られたという。選抜された学生はニューヨーク・マンハッタン北西にある本校に招待されて実技試験が行われた。私たちも付き添いで娘について行った。午前中に最初の実技試験が行われ半分に絞られ、その後二次の実技試験と三次試験でソルフェージュが課された。そして試験の全てが終了したのは夜の10時をすぎていた。

ジュリアード音楽院

ジュリアード音楽院はブロードウェイに面したリンカーンセンターの一角にあって、ニューヨークフィルの本拠地であるデイヴィッド・ゲフィン・ホール（旧称エイヴリー・フィッシャー・ホール）、メトロポリタン・オペラハウスやデイヴィッド・H・コーク・シアター（旧称ニューヨーク州立劇場）と

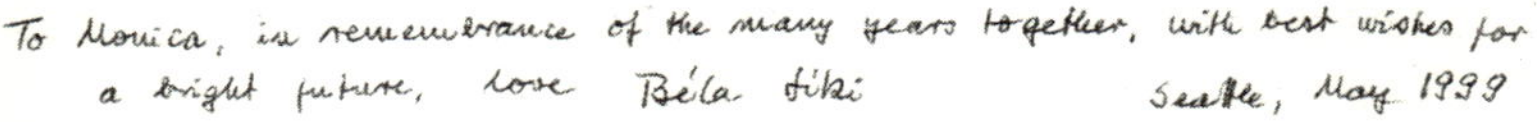

To Monica, in remembrance of the many years together, with best wishes for
a bright future, love Béla Siki Seattle, May 1999

シキ先生が娘へ宛てたメッセージ

隣り合わせに建てられている。象徴的な白亜の建物の1階はアリス・タリー・ホールになっていて、2階から上が大学になっている。私と妻は選考試験の間に大学内を見学してまわり、4階フロアーの練習室棟に行って必死に練習をする学生の姿を見て、そこにいるだけで緊張感が走った事を覚えている。そして自分の娘がこのような環境に耐えられるかという不安と期待が交差した時だった。

実技試験から1ヵ月半ほど経って家にジュリアード音楽院から封筒が届いた。封筒を開く娘の顔はこわばっていたが、次の瞬間 It is my pleasure to inform you……という最初の一文を娘が見せてくれた時は足から力が抜けた感じがした。そして1999年の8月に娘はニューヨークに旅立っていった。その時シキ先生が娘に送ってくれたメッセージが今なお記憶に新しい。そして新学期が始まって娘が入学した年に選ばれたピアノ専攻の学生は13人であったと聞いて流石に驚いた。

娘がニューヨークに移って丁度1年が経った9月11日に世界を震撼させた同時テロ事件が起こった。私はその頃茨城大学工学部で特別講義を受け持っていて2週間日立市に滞在していた。その矢先に起こった事件はたまたま離れ離れになっていた私たち家族を不安と驚愕のどん底に追い込んだ。娘はよくワールドトレードセンターの近くに行くと聞いていたから心配はなおさらであった。電話は通じなくなり、連絡手段が全くなくなったあの時を思い出すだけでも恐ろしかった。幸い娘は直接の被害には遭わなかったにせよ、遠方からの心配であれほど人生の運命を感じた時はなかった。

そして娘は4年間のピアノ専攻で学部生活を終え卒業し、さらに大学院修士課程に進んだ。その間に私たちは何度もニューヨークを訪れ、若い芸術家達がどのように生活し、育っていく姿を見て応援した。そして最後の卒業式に出席した時、私と妻はやっと これで肩の荷が降りたような気がした。

3、ワシントン大学での教育と研究

1992年1月にワシントン大学に赴任して直ちに忙しい毎日になった。ベルビューで買った家の引き渡しが3月末だったことから最初の3ヵ月間は家族をデラウェアに残して私は一人でアパートの仮住まいであった。一人であった事もあってその間はほとんど寝ずの毎日を過ごし、昼間は実験室の立ち上げで、夜は3月末から教える最初の授業ＭＳＥ４７３ガラス非晶体の準備、そして研究資金獲得のためのプロポーザルの執筆に明け暮れた。

赴任当時の授業は黒板に書くかオーバーヘッドプロジェクターを用いて行われるのが常であったが、私は１９９１年に発売されたマイクロソフト社のパワーポイント2.0 Window version を初めて導入して授業の準備をした。まだ当時は白黒であっても綺麗に書かれた文章や図の授業資料を印刷して学生に配ると評判になった。その後コンピューターの事情も年々改良され、パワーポイントもアップル・コンピューターで使えるようになりプロジェクターも改良されて、授業で使われるようになったのはそれから3年後だった。

私の最初のガラス非晶体の授業は学生には大変受けて良い評価をもらった。それは私が日本で大学院卒業後に1年ほどガラスの会社で働き実社会でのガラス製造の厳しさを知っていたことが役に立った。ガラスを組成から調合し、実際に溶かして鉄型にキャストするような実習では、手本を見せることができた。そうした試みに学生は満足してくれた。その証に学期末に大学の近くにある地ビールのバーで学生が打ち上げパーティーを開いてくれ、学生の代表が感謝の意を込めてと、私にプレゼントを贈呈してくれた。そのプレゼントはなんと青々とした芝生の苗で、カードにはMSE473 Grass Scienceと書かれてあった。

授業中に学生たちは何も言わなかったけれども、どうやら私は授業を通してGlass（ガラス）の代わりにGrass（草、芝生）と発音していたらしい。日本人にはよくあることだが、「ラ」という文字の発音は日本人にはなかなか難しい。それは英語のrとlの発音が日本語には存在しない音であるからだ。日本語の「ら・り・る・れ・ろ」は英語のrとlとは全く違う音であり、あえて言うならば英語のrが70％とlが30％からなる中間音のようなものらしい。このようにアメリカ人特有のジョークを交えて私は学生と親しくなっていった。

教え子たちと

4、ラジ・ボーディア、知己朋友の友

私が大学に移った頃と時をほぼ同じくして同じ物質材料工学科の助教授として移ってきた

ラジ・ボーディアという同僚がいた。彼はデュポン社中央研究所の科学者で私より5年ほど後に入ってきたコーネル大学で博士号をとった若手研究者であった。所属していた研究グループこそ違っても同じ研究棟にそれぞれのオフィスを持ち、よく昼食を共にする親しい友人だった。

そんな頃、私がワシントン大学の公募に応募していた時に、ラジも同じ大学のそれも同じ学科の教授職に応募したということを聞いて驚愕した。それは同じ大学のしかも同じ学科で二つのポジションを同時に公募するということは極めて稀なことであった。ということは私にとってラジは一つのポジションを取り合うライバル関係のような存在だと思った。後にそれが全く異なったポジションでたまたま同時に公募が行われたということを知ったが、初めは知る由もなく、お互いに口もきかないような日々が続いた。

そして私が最初にワシントンへ移り、それから3ヵ月してラジの姿を教授会で見かけた時には目を疑った。単にそれは二つのポジションが同じ時期に公募され、私とラジがたまたま同時に選ばれたという事であったが、前述の教授選定のプロセスを考えるとそれは奇跡のようなものだった。同時に当時のデュポン社中央研究所の研究面でのレベルの高さがよくわかった。現に私の所属していた12名の科学者からなるCR&D部門の先端科学セクションから1991年を境にして8名の同僚がアメリカの各大学へ教授として移動していったことを考えるとそれほど稀有な事ではなかったかもしれない。

その後ラジとはお互いに知己朋友として助け合い、アメリカの大学での競争社会を乗り切って行く同士になった。数年後ラジは物質材料学科長になり、さらにその20年後にはサウスカロライナ州のクレムソン大学の物質材料科学科長に抜擢されて移ったが、私がワシントン大学を退職した2022年の5月に行われた退職パーティにはわざわざ旅路1日をかけてサウスカロライナから参加してくれた。

5、25年の共同研究者、マージョリー・オルムステッド

私がワシントン大学へ移った当時は、表面科学という分野が全盛期であり、アメリカ真空学会、応用物理学会、アメリカ化学学会をはじめ世界の学会で盛んに論議された。ワシントン大学では物理、化学、化学工学、生体工学、環境、機械、物質科学のそれぞれの学科に表

面科学を研究する若手教授がいて様々な研究が行われていた。そして毎週金曜日の午後3時からSurface Science Seminarという研究会が開かれていて、各グループが研究発表を行っていた。それは大学院の学生、ポスドク、教授が一体になってそれぞれ違った分野の研究を知ることで、さらに表面科学の知見を深めるという試みであった。

MO & FO グループ

そんな中にマージョリー・オルムステッドという物理学科に所属する若手の教授がいた。彼女もゼロックス・パロアルト中央研究所からカリフォルニア大学バークレー校にAssistant Professorとして就任し、その後生物学者である彼女の夫と一緒にAssociate Professorとしてワシントン大学へ移ってきた精鋭だった。彼女のことは、アメリカ真空学会で発表されたシリコンと蛍石（CaF_2）の界面の研究ですでに名前はよく知っていた。また彼女も私のデュポンでの異種物質の界面研究の成果を知っていてセミナーを通してお互いに親しくなった。特に私の研究室で立ち上げた実験装置と彼女の使っている実験装置は相補的なものであったので、それぞれの強みを合わせることで今までにできなかったような実験が可能になった。

そこで共同研究を提案し、夏休みの時間を利用して全米科学財団（National Science Foundation）の研究資金（グラント）のプロポーザルの用意に取り掛かった。幸いこの試みは成功してマージョリーとの共同研究はその後25年間も続くことになる。そして25年間の共同研究をまとめた共著総論文がアメリカ真空学会の学会誌に私がワシントン大学を退官する一年前の２０２１年に掲載された。

6、アメリカの大学の研究資金

ここでアメリカの大学の研究資金（グラント）について説明しておこう。

研究での外部資金の調達は教授人生で最も大切なもので、それは個人の研究力の強化のみならず大学全体の「競争力」に大きく影響する事である。そこでまずは外部研究資金の獲得が新しく入ってきた若手教授のまさに登竜門であった。それは外部研究資金が調達される事により優秀な大学院の学生を受け入れることができるからである。学生にしてみれば、研究資金を持たない、または持てない教授にはつかない。それは彼らの大学院での生活がかかっているからである。また教授にしてみれば、優秀な学生を獲得することによってより良い研究の成果が期待できるからだ。

そしてそれは研究室の評価の向上につながるので、次の研究プロポーザルが採択される機会が増える。そして外部研究資金が増えれば、さらに優秀な学生を確保でき、研究室に好循環をもたらすことになる。したがって最初の段階でのアメリカ政府の公的研究資金、例えば米科学財団（National Science Foundation）などを確保することが成功への礎になり、それは研究者自身の評価に直接つながることになる。なぜならそれが昇給、ひいては次のランクの教授職への昇進になるからである。

そこでこうした研究資金がどのように使われるかについて具体的に説明しよう。当時（１９９０年代）の研究当事者（Principal Investigator P.I.）一人当たりの研究資金規模は年間10万ドル程度が平均で、３年間の資金を賄えるプロポーザルでは計30万ドルを要求することになる。ただその予算の内訳は複雑で、研究に直接使える経費（直接経費）と大学へのオーバーヘッド（間接経費）から成り立っている。ワシントン大学のオーバーヘッドとしてグラントの予算総額の54％が課されるので、直接経費は年あたり6万5000ドルにしかならない。しかもグラントの中から実験に使う固定装置代に使おうとすると、装置代にオーバーヘッドは課せられないにせよ、実際に使える経費はさらに少なくなる。

さて直接経費の内訳を説明すると、その大部分は大学院生のサポートに使われる。サポートとはその学生に払う給料と授業料をカバーすることである。大学院学生に支払う1ヵ月あたりの給料は大学でほぼ決められていて、物質材料工学科の場合、当時で約1800ドルであり、それに付随したベネフィット（社会保障給付金や保険料などをカバーし、給料の約24％）を合わせると月当たり約2355ドルとなる。通常9ヵ月分の給料を用意するので、それだけで2万ドルを超してしまう。

さらに3学期分の授業料（1万2000ドル）を合わせると年間約3万5000ドルが大学院一人のサポートにかかってしまう。そしてPIの夏の給料の1ヵ月分をカバーするとなると研究室の運営に使える金額は1万5000ドルを割ってしまう。その中で研究室の備品、消耗品、学会出張費、論文出版費などを賄わなければならない。

さて近年（２０２０年以降）で考えてみると、過去30年間の物価上昇で２０２０年代になると全ての経費が約倍以上に高騰していて、現在ではＰＩ当たりの一つのプロポーザルの平均は年20万ドル以上にもなるという。研究室によっては大学院の学生が５人もいる場合には少なくとも年間１００万ドル（日本円にして約1億５０００万円）の研究資金を毎年獲得する必要があり、それを生涯続けていくことは至難の業としか言わざるをえない。

7、学部学生の研究指導

このように研究資金を獲得して調達し、研究室を運営していくことが教授としての一番の責任と手腕であるが、同時に学部学生の研究指導も大切な一面であった。それについて私は私独自の強い思いがあり、ワシントン大学に在籍していた30年間はその考えを貫いてきた。その考えとは前述の「学生は研究のすべての行程に参加して習得すべし」であり、それを学部学生の研究指導にも徹底した。それは私自身が大学学部時代に色々な物理のつまみ食いをして、大学院修士課程に入ってはじめて一つのテーマで学んだという経緯からの反省をも含めて採長補短を心掛けた結果であった。

そこで学部学生は自分の興味のある卒業研究のテーマを選び、そのために必要な実験の計画をして、装置作りから始まって、実験データの取得、そして解析、最後に卒業論文の学会での発表とできれば論文の投稿までをやり通すということをさせた。これを私は「A to Z」と呼んだ。しかしこうしたやり方は手間と時間の掛かる事で、私の研究室では最大5人の学部学生しか指導できなかった。

その中で今でも覚えている一つの成功例がある。その卒業研究グループは有機半導体による太陽光発電に興味があって、当時私が教えていた授業で習ったことの一例を実際にデモンストレーションしたいという。そこで彼らが考えた実験装置は数種類の薄膜を色々な条件で作ることができるという汎用性の高いもので、まずはそこからはじめたいと言った。

そこで彼らの設計した実験装置は、銅フタロシアニンというπ電子系の共役二重結合をもつ有機化合物の薄膜を熱した透明電極の上に作る事ができ、さらにアルミ薄膜のパターン電極を作り、全ての工程を真空内で逐次行う事ができるものであった。そして彼らの提案はそうした装置を使って太陽光発電の試作モデルを作り、実際に太陽光で作動させてその特性を研究するという一連のプロジェクトであった。

実験装置作りをする卒業研究グループ

4人の卒業研究グループは装置作りに彼らの夏休みを返上して働いた。初めて手がける真空部品の組み立てには相当の労力と時間を費やしたが、数々の難問を克服し実験装置を完成させた。そして最初の研究成果が出たのはその年の暮れであった。彼らはデータの解析し、物理モデルと照らし合わせ、太陽発電の特性を洗い出した。そして今後の指針を示したグループ卒業論文を書いて、翌年2月に開かれたアメリカ真空学会の地区大会で発表した。その論文と発表は高い評価を得て学部学生賞が与えられた。

こうした一連の体験をした彼らのうち2人はその後大学院博士課程に進み、他の2人は半導体関係の会社に技術職で就職した。私自身は、翌年アメリカ真空学会からこうした学部学生の教育指導の功績が認められて最優秀学部学生指導賞を受賞した。

彼らが打ち出した成果は決して新しいものではない。しかしながら自分たちで全ての工程を賄ったという自信が彼らをそれぞれの将来に導いた事で、私は最高の大学教育を与えることができたと自負している。こうした体験をもとに若い学生が大学で学ぶ意義は「自分に自信をつけさせること」と思っている。

8、アメリカ市民権をとる

大学での研究生活も定着していくと、私はプラズマという特殊な電離状態の中での物質の安定性の問題や高電圧に耐えうる半導体を研究するようになった。その結果は宇宙産業やエネルギー問題等に直接関与する問題でもあり、アメリカ空軍やアメリカ航空宇宙局（NASA）そしてエネルギー省の研究機関と共同研究をする機会が多くなった。

そうなると国防省、エネルギー省やＮＡＳＡへ資金援助の研究プロポーザルを提出することになるが、それは国家安全保障の関係から研究者や研究施設に対するセキュリティー・クリアランスの問題に直面する事でもある。さらにプロジェクトの主任研究者（PI : Principal Investigator）になろうとすると国籍の問題が表面化してくる。すなわちアメリカ国籍でなければプロジェクトによっては参加が出来なくなる。これは個人の努力や交渉で解決できる問題ではなく、アメリカで働く外国籍の人間が直面する現実であった。同時にそれはアメリカの教育機関でアメリカ国籍の学生を指導する責任に於いてもその真価が問われることでもあった。

当時の私たちはアメリカ永住権（グリーンカード）で生活していたが、日本国籍の私たちが自己の意志によりアメリカ市民権、すなわちアメリカ国籍を取得した場合は、日本の国籍法の規定により日本国籍を失なう事になる。またアメリカ国籍を取得するにあたっては、アメリカ国家への忠誠を宣誓した上で、国家非常事態の時にはいかなることがあってもアメリカに尽くすことが義務付けられている。このような条件下であっても私たちはアメリカ国籍を取得する選択をした。

それはアメリカ社会へのコミットメント、すなわち責任を持って私たちがアメリカ市民として、アメリカの大学の教育と研究の実際に関わっていく事への公約を明言する意志決定であった。そしてそれは私がフロリダ大学に留学する機会を与えてくれたヘンチ先生や博士課程の直接指導をしてくれたホロウェイ先生、そしてデュポン社やワシントン大学でのアメリカ実社会の体験から当時の私を作り上げてくれたことに対する感謝の念を示し、アメリカ社会に還元するのは当然の事と思えたからでもあった。

米国市民権授与式はシアトルの移民難民局で行われた。新たに米国市民になった１５０名に市民権取得証明書が授与され、米国の国家理念である自由国家を支持し、かつ主体性を持って米国の一員として責務を果たすという誓いの言葉を述べ、市民権の宣誓をして国歌を歌って終了した。

この授与式に参列していた時、私は当時研究室にいたアイザヤ・ナギ君という大学院生のことを思い出していた。彼はアフリカ、ケニアの出身で、１９８０年代のモイ大統領の時代の動乱の中、家族でアメリカに難民として移って来た。その最中にアイザヤの弟は銃弾に撃たれて死亡し、家族も命からがらの亡命だったそうだ。アメリカに移って難民としての生活は苦しく、晴れて米国市民になった時は皆涙を流して喜んだという。授与式の後、何人もの人達がそうして喜んでいる姿を見て複雑で説明のしようのないアンビバレント（相反する感情が併存している）な気持ちになり、ひどい倦怠感を覚えて帰ってきた。そして私たちがこれから向き合うアメリカの一面を見たような気がした。

9、娘の結婚

それは私と妻が娘の修士課程の卒業演奏会を聴きにニューヨークに来ている時だった。まだ演奏会まで時間があったので、妻と街を散歩していて、7番街と西57通りの交差点に差し掛かった時、娘のボーイフレンドであるケンジが反対の方向から歩いてきた。交差点の真ん中で出会い、「やあ」と言って過ぎ去ろうとした時、ケンジが振り返って「ちょっと話があるんですけど――」と言った。咄嗟のことでもあり、しかも交差点の真ん中ということもあって、私は「あっ、そう」としか言えなかった。きっと卒業演奏会のことで何か話があるのだろうと思って聞いていたが、妻はどうやら何かあるなと勘づいていたようだった。

交差点を渡った側の横断歩道でケンジはちょっと身構えて言った。「今から婚約指輪を買いに行くところです。実はモニカにプロポーズしようと思いますが、いいですか?」と言った。私は全く違うことを考えていて人ごとのように聞いた。そしてあまり考えがまとまる前に「Go for it」と言ってしまったそうだ。ところが妻はどうやらそれを予想していたらしい。そして後に妻はケンジが結婚に関して事前に言ってくれた事がとても嬉しかったと言っていた。これがモニカとケンジの結婚を承諾する瞬間で、それは２００６年2月21日の昼下がりであった。

ケンジ(Kenji Bunch)はジュリアードで作曲とビオラを学んだ。すでに卒業していてジュリアードのプリカレッジで教えていた。また若手作曲家として全米で知られるようになっていた。そしてモニカとの出会いは、たまたまケンジの運転免許証を見て彼がオレゴン州ポートランドの出身と知って「私は隣のシアトルから」と話をしたことがきっかけで、お互いの音楽に対する感じ方が似ていることで仲良くなったという。ケンジは日系二世で彼の母親が日本人であることもお互いを近づけた要因であったかもしれない。ともあれ娘の演奏会は無事に終了し、その夜にケンジはモニカにプロポーズしたそうだ。

モニカとケンジの結婚式

結婚式は翌2007年5月14日にブルックリンのFirst Unitarian Churchに於いて、モニカとケンジの友達の音楽家たちが奏でる音楽をバックに厳かに行われた。そして東京からやってきた妻の姉もシューベルトのアベマリアを歌った。新しい彼らの門出に相応しい結婚式であった。

結婚式が終わり、私たちがシアトルに戻るとき、二人でJFKまで送ってくれた。そしてケンジは妻に「モニカを幸せにすることを誓います」と言ったそうだ。それを聞いて妻はとても嬉しかったと私に言った。

モニカとケンジはその後5年間ブルックリンに住み演奏活動を続けた。やがて2012年に彼らの娘が生まれ、その翌年長年暮らしたニューヨークからオレゴン州ポートランドへ移った。

10、アメリカの大学の国際的競争力の源泉

２００５年に東洋経済新報社から『競争に勝つ大学』という本が出版された。その第二章では米国の大学がいかに国際的な競争力を蓄えその根源は何かについて、また第三章では米国の競争的研究資金制度と日本の制度の欠陥について論じられている。

『競争に勝つ大学』

近年日本の大学の国際化や多様化について多くが語られるようになったが、私は今までにこれほど的確にこうした問題を捉え現状を理解して解説している本または記事を見たことがない。そして筆者の鋭い観察と深い知識に感銘をおぼえた。そこでここでは著者が取り上げている問題点を整理して当時アメリカの大学で教鞭をとっていた私から見た意見を述べてみ

たい。

まずアメリカの大学がなぜ競争力を持っているかを論じるにあたってこの本ではハーバード大学のヘンリー・ロフォスキー氏が１９９０年に出版した『The University: Owner's Manual』という本から次の一文を使ってアメリカの大学の現状を説明している。

「米国の大学は厳しい現実の世界に生きている。そこでは、トップは新参者からのチャレンジを受けている。ときには、彼らにトップの仲間入りを許すはめになったり、うかうかしていると、彼らに首位の座を奪われてしまうことすらある。我々にとって、オックスフォード大学、ケンブリッジ大学、東京大学、パリ大学のような安泰は許されないのだ。米国では、トップ入りを目指す大学群が、つねに第一層への階段に必死になってよじのぼろうとしている。同時に、トップは彼らの追い上げをふるいおとし、自分たちの地位を死守しようとしている。世界最高峰の大学が米国に集中している理由を挙げるとすれば、米大学間の熾烈な競争に他ならないと考える。」

米国の大学が常に競争にさらされている要因として、この本では以下の３つを提唱している。（1）競争的資金配分機関へのプロポーザルを通しての研究資金を巡る競争、（2）プロポーザルの判定の適正さと公平さ、そして（3）競争を煽る大学のガバナンスからの圧力。

私がワシントン大学に在籍していた30年間は常にこれらの要因との戦いであり、リタイアするまで一度たりとも休むことはできなかった。まずは教授に就任すると、その戦いは外部研究資金を獲得する事から始まる。就任当時、大学が用意するスタートアップ資金を使うことはできるが、いずれそれは底をついてしまうから最初から外部研究資金調達へのプロポーザルを用意する事が必要不可欠であった。そしてその成否が教授人生の成否を決めると言っても過言ではない。それは外部資金の獲得で優秀な学生を確保でき、それに伴う研究成果を出す事ができるからである。そしてその結果を元に更に外部資金への次のプロポーザルを書き、そのプロポーザルの成功がさらなる研究室の発展につながるからである。すなわち研究室の評価の向上による好循環が生まれるのである。

またこうした循環が私自身の大学での人事評価となり昇給にもつながる。一つのプロポーザルの研究有効期間は平均3年で、研究室を運営していこうとすると少なくとも年に2件ないし3件の研究プロジェクトを常に走らせていく必要がある。しかもそれを時期的に調整して絶えず重ね合わせるように運営していかねばならない。したがって毎年プロポーザルを用意し研究資金調達のために努力しなければならないが、資金を配分する機関で採択されるプロポーザルの数は限られている。したがって1年に7〜8件のプロポーザルを準備することは普通のことである。

このようにアメリカの大学で研究を続けていくためにはこうした戦いをし続ける事が強いられ、もし途中でスローダウンしたり一時的にでも止めてしまうと元に戻すためには倍以上の時間がかかるか、場合によっては再起不能になってしまう。したがってこのような競争にさらされる事により自他共に成長して大学内での生き残りに耐えていくのである。私もワシントン大学に在籍した30年間は全てこれらの戦いの中にいた。最初の25年間は年平均3件の研究プロジェクトを常に走らせることはできたが、70歳を超え（というより疲れてきたと言う方が正確か？）優秀で若い教授たちのパワーと競争して、それを維持していく難しさに悩まされた。

アメリカの大学では各研究者のプロポーザルの準備が潤滑に行えるように、大学がそれをサポートする組織を整えている。例えばワシントン大学の場合はOffice of Sponsored

Programs(OSP)という大学の行政機関がその役目を担っている。その背景には研究者が外部資金を獲得することによって、それが研究者の直接経費になるだけでなく、大学側の間接経費になるという見返りがある。間接経費の比率はワシントン大学の場合は全体の54％と大きく、これらの資金はスタッフの給料をはじめ、図書館や施設の整備、そして広く研究を支える用途に使うことが出来る。したがってこうした資金が増えることで大学側のメリットは大きく、ひいては大学ランキング向上へ繋がる。

そしてもう一つ重要なことは、獲得した研究資金から研究者の夏の給料を補うことができることである。というのもアメリカの大学教授の給料は9ヵ月契約で支払われるために、夏の3ヵ月分の給料は自己調達で賄わなければならないからである。こうした状況のもとでは嫌でも大学教授自身が研究資金獲得の競争で頑張らざるを得なくなってくる。ただ私自身の経験では夏の給料の3ヵ月分を全て外部研究資金から毎年補充することは難しく、せいぜい2ヵ月半が限界であった。しかしながらこうしたプレッシャーがあってはじめて他の教授と対等に争える（良い意味で）ということも学んだ。こうした研究資金を巡る競争によって研究者のみならず大学としての競争力がついて来る。そしてその競争力が大学のランキング向上の原動力になっている。

大学ランキングといえば日本ではどの大学がトップ何位で、入学するにはどれほどの難易度があるかということに話題が集中しがちであるが、ランキングがもたらす大学の競争力向上については中々語られない。というよりそのように語られる記事を見たこともない。しかしながらこのランキングを上げる事こそがその大学に志願する学生の質・量の向上につながり、一層優秀な研究者を教授として迎えることを可能にする。そしてそれが外部研究資金の増大につながり先述のような大学の競争力になる。

今世界では様々なカテゴリーで大学の競争力を評価する尺度が備えられていて、毎年そのランキングが発表されている。「THE世界大学ランキング（THE World）」、「USNWR Best Global Universities ランキング（USNWR Global）」、「QS世界大学ランキング（QS World）」、「世界大学学術ランキング（ARWU World）」などはそれぞれの指標によって順位がつけられていて、一概にはその違いを語ることは難しい。ただ私が思うに日本ではマスコミによって大学入試に絡む情報源としてそのランキングが一人歩きしているように思える。その点アメリカでは競争力の尺度となる様々なランキングが発達していて、そのランキングが人材と資金の確保につながり、ランキングを上げることへの努力がその大学の強化をもたらすという好循環が形成されている。

ワシントン大学は、毎年発表される世界の大学ランキング、たとえば令和6年6月に発表された USNWR Best Global Universities ランキング（USNWR Global）で、世界7位に位置している。これを全米科学財団（National Science foundation）がまとめた世界の大学の外部研究調達資金の合計のランキングと比べてみると、ワシントン大学では同年総額 1.87B$（日本円にして2750億円）を獲得してアメリカ国内で第5位に位置している。すなわちこうした外部研究調達資金の確保が大学ランキングと強く相関していて、それが大学の競争力の強化に直接繋がっていると言える。

アメリカの大学がさらに競争力をつけるもう一つの要因は、研究者が提出したプロポーザルの判定に全てピアレビューという外部審査方式が導入されていることである。そして審査員の選定に関しては年齢や肩書は問わず、また所属大学の如何に関わらず絶えず利害関係を排除すべく厳正かつ十分な考慮がされている事である。私も自分のプロポーザルを提出すると同時に競争的な資金を配分する機関から他の研究者のプロポーザルのレビューを頼まれる。そうしたレビュー結果を文書にして提出しなければならないが、それは私自身の科学知識や能力を逆に評価されるようなものであるから真剣にならざるを得ない。

またレビューする分野が必ずしも自分の得意とする分野であるとは限らない。その場合にはレビューをするための勉強が必要になってくるが、そうした勉強が研究者の知識の幅を広げることにもなる。そしてプロポーザルが採択されない場合にはその理由を書面で伝えることで、研究者の成長にもつながっている。こうした判定の適正さと公平さで教授のアカデミッククランクによらずに採択されることが可能になる。

最後にアメリカの大学では、組織における権限や責任体制がよく構築されていて、それを監視する体制が有効に機能していることに触れよう。ワシントン大学では大学全体の運営は学長（President）以下、副学長役を司るプロボスト（Provost）、そして副プロボスト（Vice Provost）に委ねられており、大学の予算や人事権などの権限を有し、組織横断的な意思決定を担っている。そしてワシントン大学もアメリカの他の大学と同様に理事会、執行部、教授会の役割が明確で、三権分立によりプロボスが調整役に入る場合はその交渉先が明白であるため、意思決定が迅速に行われる。

日本の大学の場合は学部・学科の権限が強く、学長や執行部の影響は限定的になっていて、中心になって意思決定が迅速に行える存在が不在になっている場合が多い。しかも日本の大学では学長、学部長は全て任期制でそれも学長の場合は6年、学部長に関しては2〜3年で変わるという場合がある。その点アメリカの大学では定められた任期制はとってはいないので、学長のビジョンに基づいた計画のもとに腰を据えて改革を進めていくことができる。

この章を書きながら思うに、私が30年間過ごしたワシントン大学では先述の「競争に勝つ大学」という本で述べられていることがまさに実践され、現在では年々その評価が上がってきてあらゆる大学ランキングのチャートで世界のトップ25校に選ばれている理由がよく理解できる。そしてワシントン大学がシアトルの「エコノミーのエンジン」になっていることも付け加えておきたいが、これについては後に16と17（第四楽章）で詳しく説明する。

11、東北大学との国際連携

ワシントン大学へ移って翌年（1993年）の秋、私は同僚のラジ・ボーディアと共同で米科学財団（National Science Foundation）に「ワシントン大学の国際グローバリゼーション」という題目でプロポーザルを準備していた。その背景には当時のアメリカの大学では全世界から留学生が集まり学内での国際化・多様化は進んでいたにもかかわらず、アメリカで生まれた学生は国際的知識に欠け、海外に出ていく学生の割合が極端に少なかったことにある。そうした学生の国際化や留学に関するインバウンド・アウトバウンドの不均衡に危機感をもった米科学財団が、アメリカの学生の国際グローバリゼーションを助長するための資金援助を始めた頃だった。

私とラジで取り組んだプロポーザルは、国籍・人種・民族の壁を越え、さらには専攻学部や学科の枠にとらわれない連携で学生の視野を広げようとする野心的なものだった。そこで当時国際化に尽力されていた東北大学工学部の今村文彦教授と連携して工学部1年生の共同授業を行い、与えられたテーマでワシントン大学と東北大学からそれぞれ専攻学科の違う学生が数人の単位で参加し、プロジェクトチームを立ち上げ、学期末にプロジェクトの成果発表をするという企画を提案した。そのために授業はその頃始まったばかりの「テレビ電話」という機材を用い、時差を考慮してシアトルでは午後4時半から、仙台では午前8時半からの一時限目で行った。チーム同士のコミュニケーションはすでに広く使われていた電子メールで行い、必要に応じてテレビ電話も使った。

こうしたテレビ電話を使った授業を通しての試みは、学生の主体性やグローバルコミュニケーション能力、チームワーク、そして協調性を磨いていくことになった。そして日本とアメリカということだけでも、それまでに所属してきた集団とは傾向の異なる視点や志向性を持つ人々との連携や交流を持つ事になり、両大学の学部1年生にとっては大きな刺激だった。特に東北大学の学生にとっては英語でのコミュニケーションが要求されるからなおさらであった。

またこのような試みは専門性を深める上でも、後に自分が将来専攻する領域や関連する周辺領域の知識を深めることでも役に立った。今でこそ当たり前の考え方であるインターディシプリナリティ、すなわち様々な異なる専門領域の知識を持ち寄って学際的に物事に対処すること、や多様性を謳った当時のプロポーザルは米科学財団から高い評価を得て採択された。

こうした教育プログラムの国際化・多様化への試みが礎になって、後に東北大学とワシントン大学の間にはお互いの授業料をカバーし合い学生が一定の期間をそれぞれの大学で過ごし教育と研究活動に参加するStudy-Abroadというプログラムに発展していった。しかしながら２０１１年の東日本大震災の影響は大きく、その後一時は盛り返したが、再びコロナパンデミックで3年間は中止になり、途絶えたプログラムが再開したのは２０２３年であった。

12、ワシントン大学―東北大学大学間連携モデル (University of Washington-Tohoku University: Academic Open Space[UW-TU:AOS]:)

大学の国際化・多様化に関してはこのように紆余曲折の時代でありながらも、その後日本の大学にはグローバル化という波が押し寄せ、世界レベルの教育研究を行う大学を重点的に支援するため文部科学省は２０１４年に「スーパーグローバル大学創成支援」という大きな国家プロジェクトを立ち上げた。その試みは米国の Science 誌に於いて“Japan launches multimillion dollar program to internationalize university education”と驚きをもって報じられた。

そして、それを機に日本の各大学は競うように海外に進出して行った。そして日本の大学がそのパートナーとして選ぶ大学研究機関は、その名前がよく知られているハーバード大学、マサチューセッツ工科大学（ＭＩＴ）、スタンフォード大学、オックスフォード大学、ケンブリッジ大学といったいわゆる著名有名大学に集中していた。しかしながら、その活動は限られていて、それぞれの大学の総長による基本合意に基づき、大学全体として機能的に動いているケースはほとんどなかった。またそれぞれの大学に特化した地域性や相互性が認識されないような国際連携では大学の名前だけが一人歩きするに過ぎなかった。

そこで長年にわたってすでに色々なプロジェクトで連携を深めてきたワシントン大学と東北大学の間で、それぞれの地域性と相互性は何であるかを徹底的に議論した。そしてその上で推し進めるべく国際連携は何であるか、またどのように推し進めるかについて考察し、その結果、産官学が連携した教育・研究の枠組みを双方の大学レベルで構築することが必要だという結論に至った。その背景には、外地での日本企業の研究参加で地元企業と大学の間の複雑な問題があったため、形にとらわれることなく自由に交流できる場があることが望まれていた。またシアトルを根拠地とする航空宇宙関係の会社であるボーイング、東レコンポジットアメリカ、三菱重工などは、ワシントン大学の航空宇宙学科、機械工学科や物質材料工学科と東北大学の航空宇宙学科と流体科学研究所とで開催してきた複合材料シンポジウムという実績があった。
そこでこれらの合同シンポジウムを柱として、国際的な大学・企業・政府機関との連携を援助するためには大学の場が最も相応しく、国際産学政府連携を提供する場を開拓した。そしてシアトルと仙台にそれぞれワシントン大学と東北大学が指導する「UW-TU:AOS(University of Washington-Tohoku University: Academic Open Space)」という連携組織が構築された。

シアトルと仙台は、米国と日本の主要沿岸都市であり、それぞれの地域経済に根付いて近年急速に発達していた。特にシアトルは米国における太平洋貿易の玄関口であり、ボーイング、アマゾン、マイクロソフト、グーグル、メタ等の重要な企業の本社や研究拠点がある。また東レコンポジットアメリカや三菱重工などの米国日本企業のハブにもなっている。そして両都市は環太平洋火山帯の中心に位置し、天災災害の指定研究都市でもある。地理的にはシアトルへは日本から8時間で到着し、さらにワシントン大学にはライト・レール（簡便な路面電車と本格的な地下鉄との中間的な鉄道）の運行でシアトル・タコマ国際空港から45分で行ける利便性を考えると、ワシントン大学は日本と米国の産学教育・研究連携を推進するに格好の学術機関と考えられた。

2017 年春、UW-TU:AOS 調印式の様子

こうした背景をもとにUW-TU:AOSは、私がワシントン大学の代表となり、工学部航空宇宙学科の岡部朋永教授が東北大学の代表を務めることで２０１７年春に両総長の立ち会いのもとに調印式が行なわれた。直接の運営は私と岡部教授が東北大学国際連携推進機構の支援のもとで行い、それぞれの大学の理事あるいは副理事がＡＯＳの活動をサポートするという体制ができ上がり、数多くの研究者が参画できるようになった。現在では２０２２年春より第二期目がスタートしている。

さてこれらの取り組みから挙げられた成果についてはどのように評価されるか？　私と岡部教授が打ち出した対策は成果の可視化であった。それはそれぞれの大学や連携企業の研究者や政府関係者による国際共著論文の執筆・投稿・出版という形で徹底した。前述の大学の競争力の章で説明したように、米国では限られた外部研究資金の獲得と終身雇用ポストへ向けて、教員が極めて過酷とも言える環境で研究を行っている。そのためにはインパクトのある成果が求められる。具体的には高いインパクトファクターをもった科学雑誌への掲載、あるいはイノベーティブかつクオリティの高い論文の公刊が求められる。それは外部研究資金の獲得に繋がるからなおさらで、まさに真剣勝負である。そして双方の大学の若手教員がそうした戦いの場に参画することが重要であると考えた。そこで研究の第一線の現場で戦うことで得た知識を学生教育に還元するという考え方と、国際共著論文を通して最先端学術分野へ参入していくことをＡＯＳの基本理念とした。こうして始まったＡＯＳの活動で２０１７年から２０２４年までの７年間に70本以上の国際共著論文が刊行された。

私の人生第三楽章でＡＯＳから受けたベネフィット（恩恵）は大きい。それは東北大学の若手研究者との連携により質の高い彼らの知的財産を直ちに共有することができる事であった。しかもそれにかかる費用はほとんど必要ない。それはワシントン大学で大学院生を外部研究資金で「雇い」、彼らの給料と授業料を払って、未熟ながら知的財産を使って研究を遂行することとは訳が違う。東北大学の助教や准教授の若手研究者とは即座に研究が始められ、その成果は直ちに国際共著論文として世の中に送り出すことができる。一方東北大学の若手研究者にとってはこうした国際共著論文の公刊でサイテーションインデックス（他の研究者の論文による引用数）が上がり、彼らの昇進への直接的な足がかりになる。こうした試みを経て培った共同研究は長続きし、ひいては次世代の担い手を育成することになった。

したがってＡＯＳではそのオペレーションを世間一般がいう「海外交流」というスタンスでは考えていない。それは学術的研究領域で両大学間での共同研究プロジェクトを推進することで、それぞれの大学に特化した高度な専門知識に結びつくからである。そしてその新しい分野の研究が国際共同研究による相乗効果でさらに深化され、両大学でお互いにwin-winの関係が築かれている。したがって私はＡＯＳの活動を将来のベネフィットへのインベスト（投資）と考えている。

こうした活動に参加できた私の人生の第三楽章はなんとも幸運であった。そして私が２０２２年にワシントン大学を退官した後、日本で人生の第四楽章を過ごす中で東北大学は私を国際連携推進機構の特任教授として迎え入れてくれた。そしてさらなるＡＯＳへの活動に参画できる機会を作ってくれた。

13、2000年代のアメリカ

ノストラダムスの大予言の一説「1999年7月に空から恐怖の大王が降ってくる」。巷ではそれが人類滅亡を指すものだと噂されたが、人類は無事に2000年代という新たなミレニアム（千年紀）を迎えた。しかしながらその翌年、大王の代わりに降りてきたのは大型旅客機だった。2001年9月11日に発生した「同時多発テロ」である。米国は対テロ戦争として直ちにアフガニスタンに侵攻し、それ以後国際社会は長く厳しいテロとの戦いに突入することになった。そして2000年代は毎年のように発生するテロへの対応に加え、イラク戦争や北朝鮮による核実験、パレスチナ問題など、そして近年ではロシアのウクライナへの侵攻等で政治的な情勢不安が続き今日に至っている。

経済面でも2007年ごろに始まったサブプライムローンの問題を発端に世界中の金融機関で信用収縮の連鎖が起こり、2008年終盤にはリーマン・ブラザーズの倒産によるリーマン・ショックが引き起こされ世界同時不況を招いた。これにより日米欧のプレゼンスは低下し、経済成長の著しいインド・中国・ブラジル、そして資源価格の高騰の恩恵を受けたロシアや中東産油国などをはじめG20が台頭していった。ベトナムは海外からの投資が好調で高度経済成長が始まり、インドネシアでは２０００年代前半にタイでは２０００年中頃から政治的な混乱が多発した。こうした混乱の中でもアメリカの経済はリーマン・ショックの５年後にはもちなおし上昇傾向を続け、その後世界を震撼させたコロナ禍にあってもアメリカ経済は他の諸国と比較すると順調に回復が進んだ。

一方２０００年代はテクノロジーが人々の生活を変えた。パーソナルコンピューターや携帯電話が商品として広く一般に普及し、インターネットの利用が広がった。インターネットの急速な普及に伴い、グーグル、アマゾン、フェイスブック、アップルのような新しいＩＴ企業（GAFA）が立ち上がり、瞬く間に世界的企業となった。そしてGAFAの創業者たちが起業したときの平均年齢は24歳だったこともあって、若手起業家が時代の変化を的確に見抜きアメリカの経済を支えた新しい時代でもあった。そしてマイクロソフト、アマゾン、スターバックス、コストコ、任天堂アメリカ、エクスペディア等などの大手ＩＴ関連企業がその本拠地をワシントン州シアトルに置き、グーグルやフェイスブックはその本部をカルフォルニア・ベイエリアに置きながらも５０００人規模の研究拠点をシアトルに作っている。

そうした背景からアメリカの西海岸にはカリフォルニアの「シリコン・バレー」と、それに対する「シリコン・フォレスト」と呼ばれる一大経済圏がシアトルを中心に出来上がった。また90年代に始まった垂直統合から水平分業への移転はすでに完了し、大学やベンチャー企業を取り囲む新しい経済発展が始まっていた。

14、コロナパンデミック

それはある日突然やってきたような感じだった。２０１７年に立ち上げたＡＯＳを通して東北大学との連携が深まっていき、私も仙台に出張する機会が多くなった。そして２０２０年1月20日に行われた合同会議に出席した後、たまたま中学校時代の友人から同窓生が世田谷区宮下にあるフランス料理店で集まるが来ないかという誘いを受けた。久しぶりに会える友達の顔を思い浮かべながら出かけて行くと、懐かしい中学時代の友人は皆歳をとっていた(お互い様ではあるのだが)。それでも時が経つに連れて昔に戻って話に花が咲いた。そしてシアトルへ戻る時間が近づき、またの再会を約束して別れた。

シアトルに帰るやいなや嫌なニュースが飛び込んできた。それは1月21日にワシントン

ワシントン州カークランドにある牛とコヨーテ像がマスクを着けている

州スノホミッシュ郡に住む男性がアメリカ合衆国で最初のCOVID–19感染者として認定されたということだった。SARS-CoV-2はその後3年以上にわたってパンデミックとして米国全土、そして世界中に広がり、私たちの生活を蝕む大きな障害になった。不気味で不安な空気が漂い、この出来事はやがて私たちの生活、そして教育や研究の活動に大きな影響を及ぼすことになったが、終わりのない闇の中へ突入していくような恐怖感になった。

ワシントン大学（ＵＷ）で最初の感染が確認されたのは、２０２０年３月６日のルーズベルト・コモンズ・イーストに勤める職員だった。この日、すべての授業は、冬学期の残りの期間中、対面授業からオンライン授業に移行することが発表された。そして大学は春と夏の留学プログラムもすべてキャンセルする方向に動いた。月末までにＵＷコミュニティーの50人以上がウイルスに感染した。ジェイ・インスリー州知事は２０２０年３月23日ワシントン州初の自宅待機命令を発令し不要不急の集会を禁止した。この最初の封鎖措置は、大学コミュニティ内でもパニックが起こり、誰もいない不気味なほど静かなシアトルの光景が広くテレビで放送されたことも記憶に新しい。

その後世界中の地域社会はCOVID−19による死者の波に揺さぶられていった。そして私の同僚の病理学のスティーブン・シュワルツ教授やグローバル・ヘルスのギタ・ラムジー教授が感染して亡くなり辛い思いをした。一方ウイルスの蔓延が少しは弱まるだろうと推測した安全規制の緩和が示唆されたが、早すぎるガイドラインの緩和はさらに高い感染率をもたらすことになった。そして大学は２０２１年からすべての授業がオンラインで行われるようになった。オミクロンというウイルスの変種の出現とともに何度も感染率が急上昇し、ワシントンでさらなる規制が敷かれた。こうした新型コロナウイルス感染症は人類を未曾有の危機に陥らせ、人々の生活様式を変えた。そしてそれが私にとっても妻にとっても人生の第四楽章に入っていく前奏曲のようなものだった。

15、リタイアに向けて

２０１７年から始まった東北大学との国際連携推進機構、ＡＯＳ、は軌道に乗り、数々の国際共著論文が公刊された。同時にそれは私が東北大学の若手教員から彼らの得意とする分野の知識を習得し、新しい研究分野に入っていく足がかりを作ってくれたことでもあった。そしてそれは私の研究室の体制を大きく変えていった。

当時私の研究室では２００７年頃からアメリカの大手半導体企業マイクロン社（アイダホ州ボイジー市に本社）の研究支援で、実験による組み合わせ論にもとづく材料合成という手法を用いて、作られた新しい組成をもつ材料の基本的な物性を測定してデータを集計していた。そこで新しい試みとしてそうした測定データや既存の物性データを機械学習やＡＩ技術を活用してシミュレーションを行い、新しい材料開発の効率を高める取り組みであるMaterials Informaticsという新分野を開拓するように舵をきった頃だった。

この新しい取り組みには東北大学の若手教員が参加してくれ、私の大学院学生と共に共同研究が始まった。その研究は折りから世間が注目していたデータサイエンスの波に乗って発展し、短い期間に数々の国際共著論文の刊行に至った。そしてそのまとめとしてレビュー誌（総論）を執筆している最中に社会はコロナ禍に突入した。対面による討論ができなくなりペースは落ち込み十分な議論がつくせなくなったが、それでもズーム等によるビデオコミュニケーションを駆使して2021年末にレビュー誌を出版することができた。その論文は学会で新しい物質材料工科学の動向としてのインパクトを与え満足できる成果を生み、担当した大学院学生は卒業していった。またその研究からデータサイエンスの大学院教育と研究活動に大きく貢献したワシントン大学の同僚で若手研究者であるLuna HuangのAssistant ProfessorからAssociate Professorへの昇進が決まった。同時にそれに携わった東北大学の准教授も教授へ昇進しUW-TU:AOSが当初目的としていた若手研究者の支援に大きく貢献することができた。

こうして私はワシントン大学に赴任して以来の教育と研究生活を振り返り、色々な側面からこれで全てやり遂げたという達成感を覚えた。そしてコロナ禍で人生の次のステップ、リタイヤを考え始めるようになった。

第四楽章、そして松本へ

1、妻のリタイア

私がワシントン大学からのリタイアを考えるようになった時、妻もピアノ教師として同じことを考えていた。妻はピアノ教師としてフロリダ大学の修士課程を修了してから独自の教え方で数多くの生徒を育ててきた。そのほとんどが幼い頃から彼女の元でピアノを始めて、彼らが高校を卒業するまで10年以上もの長い時間を一緒に過ごした。彼女の教え方は単にピアノが弾けるようになるだけでなく、音楽を正しく理解し、理論に忠実に、そして個人の能力と才能に合わせた教え方であった。それは彼女が歩んできた道に加えて、多くの知識を娘のレッスンに毎回同行して得たものであった。すなわちウィルミントンではブラウン先生から、シアトルではシキ先生から学んだことを彼女の教え方に取り入れ、独自の教授法を開拓していった。私の娘は非常に幸運なことに、優れたピアノ教師に恵まれたが、同時にそれは妻にとっても優れたお手本の先生に恵まれたということでもある。

ただこうした教え方は必ずしも万人に通用する事ではなく、ついてこれない生徒は長続きはせず自然にやめていったようだ。それでも毎年多い時で40人近い生徒が家に通ってきた。こうして長いこと彼女の元でレッスンを受けた生徒は、様々なコンクールで優勝し、大学でピアノを専攻してプロを目指していくこともあれば、自分の専門科目とは別に音楽を勉強して、それぞれの自分の目標に向かって自分で選んだ専攻の大学に進んでいった。

アメリカの大学の選考は日本のような入学試験というような形では行われず、その学生が大学に至るまでにどのような経路を辿ってきたか、そしてその間に何を会得したかが高く問われる。このため、10年以上も続けてきたピアノのレッスンやコンクール等での入賞歴は大学の入学選考に於いては高く評価されることになる。そして妻のほとんどの生徒は自分の希望する大学に問題なく入学が許可されていった。勿論ピアノ専攻となると大きなコンクールに挑戦する必要もあり、彼女は生徒にあわせて真摯に教えていった。また彼女は生徒の家族とも親しくなり、家族ぐるみの付き合いになった。

しかしコロナ禍では、対面によるレッスンができなくなりインターネットを使ってリモートのスピーカー越しのレッスンでは彼女が教えたいことは伝わらず、なかなか思うようにはいかなかった。やがてその当時教えていた生徒も12年生（高校3年生）になり音大のピアノ専攻に進学したことで、ピアノ教師からのリタイアを考える良い機会になったという。

2、日本に移住しよう

そして2021年の2月のある日の食事をしながら、私は妻に次の人生のステップとしてワシントン大学をリタイアして日本に移住したいという意向を伝えた。それに対する妻の反応は即座の「それでは日本へいきましょう。」であった。それはまさに以心伝心とでもいうか、お互いに思いは同じであった。ただ50年近く暮らしたアメリカからの日本へのコロナ禍での移住の困難さと複雑さに対する実感はまだなかった。とは言え、私と妻は再び何か新しいものに挑戦するような気持ちで心の中はワクワクして力がみなぎってきた。

そして私のワシントン大学からのリタイアは1年先の2022年6月と決めた。そこで1年をかけて30年間勤めた大学の授業や研究室の調整や整理をしていくと同時に日本のどこに、どのように移住するかを考えた。また30年間住んだベルビューの家の整理と処分などやることは山のようにあったが、その一つ一つをこなしていくうちに今までに経験したことのないような新しい世界が開けてきた。今ここで当時毎日のように起こった出来事を書いたメモを見ながらこの章を書いているが、結果的にはよくそこまで上手く事が運べたものだと自分でも驚いている。そこでそのことも含めて当時の記録を記述してみようと思う。

3、何処に住もうか？

移住を考え始めたときの最初の問題は日本の何処に住むかということだった。私と妻は共に東京の出身で、それぞれの25年の人生を東京で暮らし、その後はアメリカの新天地で共に暮らした。したがって新しい所に移るということに対する危惧や不安はあまりなく、むしろそれを楽しんでいこうという事で意見が合致した。

そこで場所を選ぶにあたってまずは東京と仙台以外にすることで同意した。仙台は私も妻も気に入ってはいたが、私は東北大学の関係ですでによく知っていて、あえて新しいところを選ぼうということで仙台はとりあえず除外した。そこで私たちの町選び戦略として、自然の豊かさ、歴史と文化、子供が多い事、医療機関の充実、そして東京へのアクセスを基本とした。その当時まだはっきりとした考えがあったわけではないが、リタイアを機に近い将来にバイオリン作りをやってみたいと思い、音楽や楽器作りができるような環境を持つ町が頭の中にあった。移住しようとする土地に行って実際に目で見て空気を感じてからの選択が本来のやり方であったが、当時はコロナ禍の真っ最中でしかも外国籍の私たちは日本への入国はできなかった。

そこで頼りになるのはインターネットからの情報で、そうして始めた「町探し」はまさにゲームで遊ぶような感覚であった。そんな中で最初は新幹線で東京にアクセスが便利な長野県軽井沢を選んでそこの土地や物件を調べ始めた。ところが私たちは軽井沢にある程度の知識は持っていたとはいえ、それは50年以上も前のものであって、現在の軽井沢は広く発展していて色々な選択肢があることがわからなかった。乏しい知識で軽井沢といえば旧軽か中軽しか思いつかないような昔の先入観が新しい知識の吸収を妨げていることを知った。そこで先入観にとらわれない「町探し」を心掛け、様々なインターネットや文献からのデータを元に検索した。その結果が「松本」であった。

私は松本には一回だけ大学生の時に訪れたことがある。訪れたというより、その時は白馬でスキーをしていて友人が怪我をして、松本の病院に運ばれた時の付き添いであった。それだけが私の知識で、妻に至っては一度も訪れたことのない土地であった。しかし松本は私たちの町選び戦略に全て適っていたので、それ以上は追求しなかった。

そうした感覚はあえて言うならば、アメリカに来て与えられた町に住み、どのように馴染んでいくかが身についていたからかもしれない。いずれにせよその選択をした以上その地で「どのように住むか」を考え、そこで私たちの人生の第四楽章を謳歌したいと思った。そのためには私たちは松本という新天地をドボルザークの交響曲第9番「新世界より」第四楽章のように考えて、全てをそこに投入しようと思った。

移住を決めて直ちに行動したのはベルビューの家の整理と売却だった。前述（第三楽章13）の2000年代のアメリカで述べたように2021年のコロナ禍であってもシアトルとその周辺地区の発展は凄まじく、不動産業界は潤っていた。幸いそれが功を奏して私たちの家の売却はスムーズに行われすぐに買い手がついた。私たちの住んでいたベルビューの家は1927年に建てられ何度も持ち主が変わり、その度に改築や増築が繰り返され現在に至った建造物であった。しかしながらさすがに100年近く経つと様々な不具合が出てきていたので、買い手は取り壊して新しい家を作るということであった。そのため建て直し時期を調整してくれて、売却した後でも移住する時期までそのまま住み続けることができるように手配してくれた。

4、土地探しのエピソード

松本での移住後の生活の見通しがついたので、次は家を建てるための土地探しであった。インターネットを通して知り合った不動産会社は真摯に私たちの希望するような物件を探してくれたが、リモートでの対面では中々私たちの真意を伝えることは難しかった。

そこでそれなら自分で動くと決め、まずはGoogleマップとそのストリートビューから周りの状況を見て土地を探すことにした。実際にそうした行動を起こしてみると周りの状況がより一層見えてきて、その場にいるような感覚にさえなる。さらに国土地理院のデータベースにアクセスすることでより詳細な地域土地情報を得ることもできた。こうして十分に時間をかけて吟味した結果を不動産会社に伝え、営業担当者にその場所に行ってもらい、フェイスタイム等のリアルタイム画像でその土地の状況や周りの環境を見せてもらった。そしてあらかじめその土地の周辺や少し離れた場所の状況をも調べておき、担当者に協力してもらって歩いて確認を取るようにした。

同時によく事情がわかっているベルビューの家の周りの地図と同じ縮尺で描かれた松本市の候補地の地図と比べることで、周辺の距離感を養った。そして最後はその土地に建てる家を設計する建築家にも実際に見てもらい決断した。このような努力が実って松本の土地探しは完了した。

5、土地購入までのエピソード

私たちの松本での土地購入に関しては、コロナ禍であったが故にそれが可能であったと思わざるを得ないことがあった。というのは日本での土地の売買には原則として本人確認のための書類、実印・印鑑証明書や住民票が必要とされている。ところが当時土地を購入しようとしている時、私たちはまだベルビュー市に住んでおり、住民票や実印・印鑑証明は持ち合わせていなかった。というよりそのようなものはアメリカ社会には存在しなかった。そこでこうした書類に準ずる本人確認を証明することは難儀を極めた。

世間で言われていることは、日本領事館が発行する在留証明書と運転免許証のコピーを提出できれば本人確認の書類として使えるという事であった。しかし、日本領事館はその管轄に住む日本国籍で在留届を出している人に対してのみ住所を含めた在留証明書を発行してくれるという。したがって私たちのような外国籍(アメリカ国籍)の者には全く適用されなかった。

その時点で途方にくれていたが、当時その件を担当してくれた司法書士から、必要なことは「私たちの名前と住んでいる家の住所が公的機関で証明される事」と教えられた。そこでワシントン州が定める公的公証人のもとで宣誓供述書（Affidavit of Residence）を日本語と英語の両国語で作った。さらにワシントン州が発行した運転免許証と連邦政府が発行した厚生年金の支払い証明書をつけて、宣誓供述書を公証人の面前でサインをして、それを本人確認と居住証明書とした。そしてそれが松本の法務局で認められた。その後その書類が家の登記や運転免許証の書き換えなどで威力を発揮するようになったが、思えばコロナ禍であったが故にできた必殺技であったかもしれない。

またこうした公的な書類が、いまだに役所の担当者の個別の判断が可能で融通の利く、すなわちアナログで動いている日本の行政だったからこそできた極意のような気もする。それがもしデジタルで処理されていたなら全くそぐわないフォーマットでは最初から受け付けてくれなかったであろう。その時はアナログ社会に感謝した。ともあれ、司法書士から土地取得に関する必要書類を受け取り、重要事項説明会がズームを通して行われ、署名捺印をして日本へ転送された。日米の銀行間の海外送金によって支払いが完了してようやく土地の購入することができた。

6、家の設計と施工までのエピソード

土地が購入できたので家の設計と施工に移った。実際には家の設計は前もって行なわれたが、この設計者との出会いも一筆に値する。設計を担当してくれたのは安曇野市に設計事務所を置く山下氏で、彼ともインターネットを通して知り合った仲であった。

山下氏とは毎週のようにズーム会議を行い、メールで設計図が送られてくるとそれを私は

徹底的に読み込んで理解した。そのうちにここはこのように、あそこはあのように、と自分で設計図を修正してそれをメールで返送して山下氏と議論するようになった。生意気なカスタマーと思われたかもしれないが、後に山下氏はそれぞれ違った感覚でものを見ることでとても楽しい設計であったといってくれた。建築の施工は松本市の南澤建設という会社に任せた。この会社とも毎週のようにズームで話をして進捗状況を報告してもらった。この会社の社長以下ほぼ全員の社員を知って仲が良くなり、松本に移ってからも家族の付き合いをしている。

その山下氏が設計してくれた私たちの家が最近「信州の建築家と作る家 Vol.19 2024」に掲載された。そこで山下氏は次のよう書いている。

「USAからJAPANへ移住を果たしたご夫妻の物語である。ある日突然、このようなメールが届いた『現在アメリカに住んでいるが、日本に戻って暮らしたい。住宅設計の依頼を受けていただけないだろうか？』と。コロナ禍の真っ只中の社会情勢的なこともあり、その依頼には大変驚かされた。早速オンライン上で対面し、話を伺うことから本計画はスタート。パンデミックの影響で対面での打ち合わせはできないため、時差をうまく利用しながら週1

～2回、オンラインで打ち合わせを実施した。……〈中略〉……建て主が来日されたのは、コロナ禍もそろそろ終息し始めた2022年8月。工事も終盤を迎え、内装工事の最中であった。その時初めて直接お会いした時のことは今でもよく覚えている、まるで以前から知り合いのような、初対面とは思えない何とも不思議な感覚であった。それから2ヵ月、工事は無事に竣工の日を迎えた。人生100年時代。夫妻と共に過ごした学生時代の序章を経て、4分の2の時間をUSAで過ごし、二人が最後に選んだ4分の1の人生。松本市で始まった『第四楽章　新世界』を、ご夫婦は謳歌されている」

7、ワシントン大学からの退官

2022年6月15日付で私はワシントン大学を退官した。1992年1月2日に赴任して以来30年6ヵ月という人生の大部分をそこで過ごしたことになる。その間17名の博士課程の学生と90名以上の修士課程と学士課程の学生、そして5名のポスト・ドクターの研究者が私の研究室から巣立っていった。ワシントン大学をはじめ世界の各地の大学や研究機関、そして会社の同僚や学生と166本の様々な論文を出すことができた。研究や教育で悪戦苦闘す

退官祝賀パーティー

ることもあったが、これほど充実した30年の毎日はなかったと思う。私を支えてくれた全ての同僚、同胞、友人、そして家族に感謝したい。

数々の思い出を残してワシントン大学工学部物質材料工学科が２０２２年5月27日に私の退官祝賀パーティーを催してくれた。50余名もの同僚や学生一同が大学の附属機関である植物園の会場に集まってくれた。娘家族もその会場でミニ・コンサートを開いてくれ、娘は私の大好きなピアノ曲、ブラームスの間奏曲（Op.118）を私の退官への贈り物としてくれた。そして退官を機に私はワシントン大学名誉教授になった。

8、コロナ禍でのビザ取得と移住のエピソード

「移住」とは広辞苑によると、他の土地または国に移り住むこ

と、と書かれている。結果的には私たちはアメリカ合衆国ワシントン州ベルビュー市から日本国長野県松本市に移り住んだことになるが、その過程にはコロナ禍ということもあってよく特例法が発令され時間通りにいかないことが何回もあった。同時に忍耐と我慢が必要だった。しかしコロナ禍であったからできたことも沢山あって、今となっては良い思い出になった。そこで幾つかのエピソードを紹介しよう。

外国籍の人間が日本に入国して住むには査証（ビザ）が必要である。その所得のプロセスの最初の段階が法務省への在留資格認定証明書の交付申請である。そしてその証明書が取れた段階でシアトルの日本総領事館にビザの申請を行ない、晴れてビザが取得できることになる……が、そこには様々な障壁があった。まずコロナ禍で在留資格認定証明書の交付には従来の倍以上の時間がかかった。そしていつそれが発行されるか分からないという不確定さもあった。しかも領事館が外国籍の人に発行できるビザの発給数は1日あたり何件というように限られていた。さらに私たちのようにもともと日本国籍であった者が自分の意志で外国籍になった場合に起こる手続き上での複雑さもあった。

日本の法律では私たちが外国籍になった時点で日本国籍が自動的に消去されるようになっ

ている……はずであったが、実際の戸籍謄本では自分から国籍喪失届を提出しない限りに於いては戸籍上にはまだ名前が残されている。すなわち書類上ではまだ日本国籍ということである。しかも法務省は在留資格認定証明書を発行する際にはそれぞれの地方自治体から取り寄せた戸籍謄本で確かに国籍が喪失されていることを確認してから発行するようになっている。しかし、もし本人が国籍喪失届を提出していない場合には、戸籍謄本ではまだ日本国籍とみなされるので二重国籍を避けるために在留資格認定証明書は発行されない。したがってこのような場合はいつまで待っても発行されることはない。また発行されない理由も明らかにしてくれないそうだ。

幸い私たちはこうしたプロセスを司法書士を通して行ったため、事前に国籍喪失届を提出していて問題はなかった。しかしこうした不具合が起こる理由の一つは日本が行政手続きでのデジタル化が遅れていたために、行政間のリンクができていないことにあるのだろう。そこがデジタル化の難しいところだ。それでも２０２２年４月28日に晴れてビザを取得でき、移住への具体的な段取りを決めることができるようになった。

9、日本への引越し

ベルビューの家から松本の家へ移住・引越しをするにあたって断捨離を考えた。ところが実際に断捨離をすることほど難しいことはない。しかし、それは物を片付けることを通して、自分の価値観についてじっくりと考え見つめ直す機会となった。

日常の家財道具や必要な衣類などの選択はそれほど時間のかかることではなかったが、私にとって過去50年間を共にした仕事関係の書籍や書類をどうするかが一番問題だった。色々と考えた末、２０２２年6月15日をもってワシントン大学を退官し、これから新世界を求めていく事で全て今までの生活とは切りはなそうと考えた。そこで今までに使った研究や教育に関する書籍は学科の図書室と大学の図書館に寄贈し、授業ノート等はその授業を引き継ぐ教授の参考にしてもらえたらと思い贈呈した。

そのように断捨離をしてみると不思議にMaterials Scienceの本は見たいとも思わなくなった。その代わりに50年以上も前の大学学部時代に学んだ物理が懐かしくなってきた。宇宙の原理とか、標準模型、一般性相対論などなど興味津々。ただ数式はもうたくさんなので、まずはコンセプトをしっかりと学び直そうとも思った。そして日本へ持っていく書籍や資料は辞典、図鑑、写真集、データブック、一般教養書などに絞り、それ以外の文献や書類は全て破棄してしまった。これで随分身軽な新しい気持ちになって、よりいっそう松本でのこれからの暮らしに思いを巡らした。

引越準備

引っ越しは国際運送会社・日通に頼んだ。持っていくのは家財道具や食器、衣類、調度品等であったが、それでも随分な量になった。そして妻の7フィートのグランドピアノや数々の楽譜や音楽関係の書籍を加えるとかなりの総量になった。それをまとめてコンテナに入れて陸路でロサンゼルスへ行き、そこから横浜まで海運航路で運び、松本まで届けるという。しかも運行の待ち時間や保管等で3ヵ月位かかると言われた。

10、そして松本へ、人生四番目のターニングポイント

ベルビューの家には日通が日本へ送る荷物を運び出した5月初めまで住んだ。その後は娘家族の住むオレゴン州ポートランド市の郊外、レイクオスウィーゴにアパートを借りて日本へ出発する7月末日まで住んだ。その間娘家族とは3ヵ月という長い時間を近くで過ごした。毎日のように孫たちのスポーツや音楽の課外活動に参加して、彼らとその成長を共にした。

そして日本へ向けて旅立つ2022年8月1日の朝がやってきた。

引越準備

出発はポートランドからロサンゼルスを経由して羽田までの行程だった。コロナに対する予防措置は依然として厳しかったが、その頃には人々の意識が徐々に変わっていったことが空港にいると良くわかった。それでも羽田に着いて入国する際にはかなり厳重な規制が敷かれていた。

数々の検問所を通ってやっと入国審査まで辿り着き、そ

こでビザによる入国が許可されて在留カードが渡された。在留カードには氏名、生年月日、性別、国籍、住居地、在留資格、在留期間が顔写真と共に記載されていた。氏名はローマ字でOHUCHI FUMIOと記載されており、漢字表記の大内二三夫は無かったので、これからは自分の名前はOHUCHI FUMIOと記すのだなと認識した。妻の在留カードも同じだった。そしてもう一つ特記すべきことは勤労制限の有無で「就労制限なし」と書かれていることだった。恐らくこれを読んだ読者にとっては「就労制限なし」は当たり前と思われるかもしれないが、実はこの記述は外国人にとって当たり前のことではない。それは私たちがアメリカ国籍になり市民権をとった時に遭遇した人々の自由に対する喜怒哀楽を思い起こさせた。そして手荷物を受け取り、最後に税関で別送品の手続きをして、晴れて日本に入国した。

到着した日は羽田のホテルに泊まり、翌日いよいよ新宿から松本へ向かう特急あずさ17号に乗った。京王デパートで買ったお弁当を車内で広げ、車窓から外の景色を見ながら、山間を抜けていく中央本線の旅は50年ぶりに味わう新鮮さに満ちたものだった。今まで仕

新宿から松本へ向かう
特急あずさ 17 号の切符と駅弁

事で何度も日本に来て鉄道で移動した時とはまるで違う感覚を覚えて、これが日本だと思った。そしてついに松本に着いた。

11、松本第一日目

松本駅に降り立った私たちは、なぜか呆然としていた。理由はよく覚えていない。初めて見る光景、それもこれから住む町……駅ビル、駅前広場、タクシーの群れ、宣伝カー、演説集団、小さな店が雑居している駅前繁華街、軽自動車、高校生のグループ、旅行者、近くに見える山、そして遠くに見える山々、……全てが新しく見えて、驚きと感激のハプニングに満ちていた。

仮住まいとして予約してあった市内のウィークリーマンションへ行った。が、そこで小さな問題が生じた。なんとキーボックスがない！　どうやら羽田で一泊して松本への到着が1日遅れたため、ドアノブにつけてあるはずのキーボックスを管理会社が既に取り去った後だった。幸いアパートの前にホテルがあったので、ひとまずそこにチェックインしてその日の宿泊場所は確保できた。

一休みしてから現在建築中の家を見に行こうということになって、いさんでタクシーで出発。窓越しに今まで何回も見たGoogleストリートビューの街の風景は実際に目で見た光景とはそんなに変わらず安心した。「あっ、あの家は見たことがあるぞ!」、「その角には確か郵便ポストがあったな」、「うむ、ここを曲がればもうすぐだ!」などなど、心ではしゃいだ。そして家に到着して初めてその姿を見た。

建設中の我が家を見に

建設会社の南澤社長が私たち到着を待っていた。初めて対面で会うにも関わらず昔から知っているような気になってなんとも不思議な感覚を覚えた。設計図と写真からは想像はしていたものの、やはり実際に見ると迫力が違う。まだでき上がっていない家の内部や周りを見て、これが我が家になるのだなという実感が湧いてきた。そして市内に戻りホテルに帰った頃にはさすがに疲れた。興奮の1日であった。

12、翌日からの行動

翌日は朝から松本市役所で転入・移住の手続きをした。市役所の入り口で整理券をもらって、順番が来たところで受付の窓口にいったら、係員の若い女性が笑顔で迎えてくれた。その笑顔がとても清々しかった。

ところがその転入作業はなかなかのものであった。手続きの効率から言えばそれは最低に近いものだと思った。それは住民票を作る、健康保険に加入する申請書を作る、印鑑証明を登録する、等など、それぞれの申請書に自分の名前、生年月日、住所を自筆で書き込んでその書類を提出するのだが、何回書かされたかわからない。そして何度も同じことを書いているると間違えて書き込むことあり、なんとも不都合だった。それこそ入力をデジタル化して、一回の入力でそれをシェアーした方が間違いもなく、迅速に進められるけれどどうしてだろうと素直に思った。確かにこうした作業のデジタル化で日本はかなり遅れをとっていることを実感した。それでも市役所の受付で対応してくれた窓口の係員はとても忍耐強く、こちらが間違えても一つとして嫌な顔をすることもなく親切に対応してくれた。そこはアメリカとは大違いだ。

そこで印鑑登録をした時のエピソードである。「実印」や「印鑑登録」のような制度は日本、韓国と台湾というごく限られた国でしか行われてないそうだ。最近では公証人により認証された署名証明書や委任公正証書で代替できるようではあるが、日常生活では未だに必須である。市役所で住民票の登録を行なって、そのコピーを見たら私と妻の名前は漢字ではなくローマ字で示されていて、さらにカタカナでふりがながしてあった。それは日本入国時に作られた在留カードで、その名前の記入がローマ字で書かれていることからである。そこでそのローマ字記載で書かれた住民票をもとに印鑑登録をしようとしたら、名前がローマ字記載であるので、印鑑もローマ字記載のものが必要だと言われた。折しも私は亡くなった義母が作ってくれた立派な印鑑を持っており、妻も彼女の父親が作ってくれた印鑑を所持していた。ところがそれらは漢字で名前が彫られているので使えないという。

どうしたものかと思案していたら、奥から他の職員が出てきて外国人登録事務取扱要領別冊に外国人登録法で通称名を使うことが認められているという特例法があるという。そこで晴れて漢字で彫られた印鑑が使用できるようになった。どうやら法律や条例には調べてみると色々な裏技があって実に面白いと思った。

次は銀行に行って口座を開いた。想像していたように、やはりその書類に書き込むことがやたらに多くて、書き込み、印鑑、確認、承認等々のステップがやはり全てアナログだった。さらにそうした書類を支店から本店に転送して本店でさらに確認審査をするという。それでもそのアナログプロセスで口座を作ることに成功し、さらにその足で携帯電話の契約にいった。新しいiPhone14を購入して、これでようやく生活の基礎ができた。

13、車と運転免許証

アパートに入って1ヵ月ぐらい経ったところで、車が届いた。納車には時間がかかると聞いていたので、移住する前からこれもインターネットで販売店と連絡をとり、事前に購入契約を済ませてあった。そして納車入時期を調整してもらったのが功を奏して丁度良い時に使えるようになった。

ホンダｅという完全電気自動車（ＥＶ）だ。この車はヨーロッパ向けのCity-Carとして売り出したそうで、日本ではせいぜい１８００台程度しか走っていないらしい。松本では2台目だそうだ。建てた家に太陽光発電装置をつけたので、それをうまく利用することでガソリンスタンドに行く手間も省くことができ、環境にも配慮しての決断だった。

ホンダｅ納車式

当然ながら車を運転するには運転免許証が必要だ。ワシントン州は日本政府との協定で、ワシントン州で取得した免許証はそのまま書類審査と目の検査だけで日本の免許証に書き換えてくれるという。そこで塩尻の中南信運転免許センターに行って手続きをした。ところがその申請にはアメリカの免許証の翻訳が必要だという。翻訳と言っても免許証に書いてあるのはせいぜい名前、住所、生年月日、交付時と有効期間で、それに一枚４０００円の翻訳代が必要と書いてある。４０００円とは随分高いと思ったが、何も英語だけが外国語ではなく、もしアラビア語などで書かれていたら、それは見当もつかないだろうということでこれはしょうがないと納得した。

申請には住民票、パスポート、在留カード、そしてワシントン州に確かに住んでいたという「証拠」が必要だという。受付の人に聞いてみるとその「証拠」を掲示するにはパスポートに残された出入国のスタンプを見せる必要があるという。日本に入国する時は確かに入国審査でスタンプが押されるが、アメリカで入国するのは全てコンピューターでの読み取りだけで、スタンプの記録など無い。ところがそれが必要だという一点ばりだ。すなわちパスポートだけの記録だとアメリカに住んでいたかどうかわからないということらしい。後で聞いてた話だが、このアメリカ在中の記録の掲示でよく問題が起こるそうだ。それぞれの国の事情を知ることで国際性の向上が図られる今、陸運局としてもその理解が必要だ。

私たちはアメリカ国籍でワシントン州には30年以上も住んでいたと言っても記録がないとの一点張りだ。そこで奥の手であの宣誓供述書と幾つかの名前と住所、そして日付の入っている公文書を提出したら私たちは少なくとも1年間はアメリカ合衆国ワシントン州に住んでいたことが証明された。それでなんとか日本の運転免許証が交付されたが、今度は日本で運転する時には運転初心者用の若葉マークをつけろと言われた。すなわち日本ではまだ運転免許取得後の一年生という事のようだ。それでも無事に一件落着。

14、犬と生活を共にして

ルイ：犬との生活は私の子供の頃に始まる。私が小学校の頃は、家にルイという白いスピッツがいた。当時住んでいた世田谷の家の隣人が山岡荘八といって、『徳川家康』という歴史小説を書いた作家だった。山岡家の敷地の家は私の家の北側にあって、そこには大きな秋田犬が二匹いた。ある日そのうちの一匹がルイに噛みつき、右足に大きな怪我を負わせ、ルイは脛から下を失ってしまった。それ以来三本の足で歩かざるをえなくなって、山岡家とは犬猿の仲になった。それでもルイは長生きして15歳まで生きた。

ルイ

ミミ：高校生になった時、母が友達からウェルシュ・コーギー・ペンブロークというイギリスのウェールズ地方で牧畜犬として使われている犬を貰い受けてきた。胴長で筋肉質の可愛い犬だった。

エリザベート

ミミ

耳が異常に大きかったことからミミと名付けた。母が彼女の仕事場で声楽を教えている時はいつもそばに付き添っていたことを思い出す。ところがある日ベランダから足を滑らして落ちてしまい、リードの長さが短かったせいもあって、首を吊って死んでしまった。母が嘆き悲しんだことをよく覚えている。

エリザベート：それから長いこと家には犬はいなかったが、大学生の頃、当時ディズニーの漫画映画「101匹ワンちゃん大行進」で有名だったダルメシアンという犬がやってきた。ハンブルクで見たワーグナーのオペラ・タンホイザーでエリザベートという美しい女性に憧れて、エリザベートと名付けた。彼女はいつも家族の生活の中にいたが、その後私は大学院を卒業して日本の会社に勤め翌年アメリカに来てしまったので、エリザベートがいつまで生きたかはよく知らない。これが日本での私と犬との生活だった。

ゲーター：そしてフロリダに移って大学院に入った頃のある日「生後2ヵ月の子犬あげます」という新聞記事を見て、衝動的にその犬を貰い受けてしまった。種類はよくわからなかったが、どうやらシェパードとの雑種だった。話のよくわかる子犬でいつも私と一緒にいた。名前をゲーターとした。

ゲーター

ゲーターはフロリダ大学のマスコットのアリゲーターからきたもので、誰もが覚えてくれ、可愛がってくれた。コートの大きなポケットに入れて一緒に授業にも連れていった。いつも静かにしていてくれたが、ある日授業中にポケットの中でおしっこをしてしまった。ジョロジョロとなにやら温かいものが流れてきて、私のお尻のあたりが暖かくなった。そうこうしているうちにゲーターも大きくなって日中私が大学に行っている時はアパートで留守番となった。それでも夜はゲーターと共に研究室や実験室で時間を共にした。今考えるとゲーターの存在は大きかった。ゲーターがいたから寂しくても頑張れたのかもしれない。

結婚して妻がアパートに来た時ゲーターはやきもちをやいたのか、ソファーの上に乗って窓越しに外を見ていて妻を見ようともしなかった。きっと今まで大切にしていた主人を取られてしまったと思ったのかもしれない。それでも時が解決してくれてゲーターは私たちの大切な家族の一員になった。そしてモニカが生まれた時はヤキモチどころか、モニカを大切にしてくれた。ゲインズビルからウィルミントンに移る車の中で、ゲーターは2日間モニカが座るベビーシートの横に座って見守ってくれた。

ウィルミントンに移ってからはゲーターはモニカと大の仲良しで、いつも家族四人（三人とゲーター）が一緒であった。その後ウィルミントンの郊外のホーケッセンという町に移ってゲーターも歳をとり、足腰が弱くなり老衰で亡くなった。15歳だった。

トビー：その翌年、ホーケッセンのジャーマンシェパードのブリーダーから生後3ヵ月の子犬を譲り受けた。トビーと名付け素晴らしい成犬に成長した。ロイヤリティが強くモニカをいつも庇っているように見えた。そしてシアトルへ移った時、トビーは私たちの国内線客席荷物として一緒にやってきた。フィラデルフィア国際空港では檻に入れられたトビーが泣きながら荷物として運ばれていき、シアトルで再び手荷物として出てきて再会した時の光景を今でも覚えている。

トビー

トビーはそれは良い犬であったが、家の中で暮らすのはトビーにとって窮屈だったようだ。そこである時からは庭にフェンスを設けて放し飼いにした。トビーはいつもモニカがピアノを練習する部屋の窓の下に寝そべって聞いていた。しかし、そのうちに私たちはジャーマンシェパードを家庭で飼うことの難しさに直面した。それはジャーマンシェパードにとって主人の存在は絶大でなければならなかったが、私たちにはその主人としての認識が弱かった、というよりも主人であることの威厳に欠けていた。するとトビーは中々言うことを聞かなくなってしまった。それはジャーマンシェパードに特有の性質だという。

トビーは泳ぎが上手でよく家から2ブロックのところにあるワシントン湖に面したクライドヒル・ビーチで泳いだ。そして4月のある日、いつものようにワシントン湖で泳がしていた。ただその日は例年になく気温が低く、家に帰ってきてからトビーは低体温症にかかってしまい、その日の夜中に亡くなってしまった。今考えるとなんと可哀想なことをしたものだと、思い出して涙が出てくる。そしてトビーの亡骸は長年暮らしたベルビューの家の庭の地中深く埋めてあげた。

ジャスミン：その後私たちの生活の中には犬はいなかったが、娘がニューヨークに行くことで再び犬がやってきた。モニカが新聞広告で見つけたブラック・ラブラドール・レトリーバーの子犬だった。

車でベルビューから80キロほど東にある山奥の町にその飼い主は暮らしていた。何匹いたかは覚えていないが、その中で一際小さく静かにソファのマットレスの下に蹲っていた子犬が我が家にやってきた。ベルビューに帰ってくる車中で名前をジャスミンとした。そのジャスミンは利口な子だった。ラブラドール・レトリーバー犬種の特徴か、それは飼育のしやすい犬だった。今までの経験から家にきて第一日目の夜は子犬は寂しくてキャンキャンと泣くのが常だと思っていたが、ジャスミンは静かにしていて、翌朝洗濯物の籠の中で眠っていた。

ジャスミン

トイレの訓練もほぼ一回で覚えたし、粗相は一回

ジャスミンと一緒に山へハイキングへ

もなかった。また私たちの寝室でベッドカバーがかかっている時はその上に乗って遊ぶが、白いシーツの時はそこには乗ってはいけないと自分で判断していた。このようにとても賢くいじらしいほどに可愛い子犬だった。

やがてモニカが家を離れていくと、ジャスミンがモニカの代わりになった。とても気遣いが優しくて私たちをいつでも楽しませてくれた。旅行にはいつも車に乗せて連れて行ったし、どこへ行くにも一緒であった。またそれが当たり前のような生活だった。

ジャスミンは私たちと一緒に山へハイキングに行くのが大好きだった。ベルビューから東のカスケード山脈の西縁に標高１２７０メートルのMt. Si（マウント・サイ）という山があった。私たちは毎週のように日曜の午後にそのハイキングコースに行った。リードから自由にしてあげると、ジャスミンは私たちの前後を行ったり来たりして、一緒に登って行った。いつも山の中腹まで行って戻ってくるのが常だったが、それが何よりの楽しみだったようだ。

ジャスミンは16歳半まで長生きしてくれた。しかし最後の1年間は右足にがんを患っていた。最初は小さな腫れ物に過ぎなかったが、それが徐々に大きくなり膨れてきて化膿してきた。毎日傷口を洗って抗生物質を塗って包帯を巻いて看病したが、腫れは大きくなる一方だった。それでもジャスミンは一言も文句を言わず、いじらしい程大人しくしていた。そのうちに体が細ってきて傷口は益々大きくなって手に負えない程になってしまった。最後のお別れは、悲しくて書くことはできない。亡骸はお骨にして家に持ち帰って大切に保存してあり、ジャスミンは私たちの心の中にいつでもいる。

花子：2年が経った。私も妻も忙しくしていていたが、犬との生活がどうしても忘れられない。そこでもう一度ということで、仔犬を探し始めた。今度はイエロー・ラブラドール・レトリーバーを選んだ。ジャスミンの思い出が強く妻は優しい子が欲しいということでブリーダーに選んでもらったのが **Hannah**（花子）であった。花子が家に来て、にわかに毎日の生活がにぎやかになった。

時が経つにつれて花子は元気一杯の子犬に成長して、とんでもなくおてんばになった。花子は毎日が楽しくて仕方ないようで、庭で遊んでやると周りを駆け巡り、隣の家の庭に入って行って見えなくなってしまう。探しても出てこない。呼んでもやってこない。そのうちにひょっと顔をだす。そこでドッグトレーナーについて訓練したが、なかなか言うことを聞かない。ある時大人になったら良い子になるだろうかと聞いたら、「She might」と言われた。そうかmightか、とその時は思った。

花子

花子をもっと運動させるために家のそばのドッグランにつれていくことにした。そこには沢山の犬が来ていて、花子は誰とでも遊びまくった。足が誰よりも速く、動作も機敏だった。そのうちにボールキャッチが上手になった。そこでベルビューの隣町レッドモンドのサマミッシュ湖の北端にあるメアリームーアパークに連れていくことにした。そこは30万坪もある広大なドッグランになっていて沢山の犬が放し飼いのできる場所だった。そこにほぼ毎日のように花子を連れて行き、遊んでいるうちに泳ぎが上手になった。ボールを遠くに投げてやると勇んで飛び込み泳いでボールを持って帰ってくることが何よりも好きになった。

ボールを持って帰ってくる花子

そんな毎日が続き、花子は立派な成犬になっていった。するとと落ち着いてきて、話をよく聞くようになってきた。そして小さい頃にトレーナーから教わったことをちゃんと覚えていたようで、散歩やお座りの仕方も問題なくできた。それはすでに might ではなかった。

花子は妻の弾くピアノの下でいつも寝そべっていびきをかいて寝ている。ピアノの下ではうるさいだろうと思って、私も一緒に寝てみたらそれがなんとも心地よく全くうるさく感じられない。そのうちに花子はある特定の旋律が好きになって、それに反応する事がわかった。ラヴェルの水の精とショパンのピアノコンチェルトの盛り上がる部分で、その旋律が近くなるとすっくと立ち上がり、妻が弾くピアノの横に座って得意になって遠吠えをするのだ。最初は偶然かと思ったが、必ずその場所に来ると遠吠えをする。すなわちちゃんとその曲奏を理解して行動している。これには驚いた。

そして時が経ち、私たちは日本へ移住する時期になった。花子も一緒に移住することでその手続きを始めた。ところがそれは一筋縄ではいかない複雑なプロセスだった。その原因の一つは花子のサイズにあった。以前トビーをシアトルに連れてくる時は、国内線手荷物扱いであったが、花子の場合はトビーより一回り大きいケージを用意する必要があった。そうなると手荷物扱いではなく貨物扱いになることだった。それも別便で搭乗して、現地受け渡しということであった。しかも日本への犬・猫の輸入規制は厳しく幾つもの条件を満たす必要があった。そして少なくとも6ヵ月以上の準備期間を要した。

規定にしたがって輸入検疫を行い準備をしている間に時はたち、私たちはベルビューからオレゴンのレイクオスウィーゴのアパートに移った。その間花子は私たちと一緒に暮らし、娘家族と相談して松本の家が完成し、荷物を運び込み、生活が整うまで花子は娘の家に仮住まいすることになった。そこでまずは私たちが先に日本へ向けて旅立った。

翌年（2023年）2月、花子が日本にやってくる時期になった。花子はワシントン州オリンピアに事務所を持つエージェントに頼み、陸送から搭乗までの世話をしてもらった。そしていよいよ日本へ向けて荷物扱いで飛び立った。私たちは到着時間に合わせて松本で花子がはいるケージが入るようなサイズのレンタカーを借りて成田空港まで迎えに行った。しかし成田空港の受け取り場所は成田空港支所検疫犬・猫輸出入手続窓口という所でなかなか分からなかった。

成田到着は午後3時であったが、待つこと3時間余り検閲を終えた花子が出てきたのは午後6時を過ぎていた。花子は放心状態で虚な目をしていたが、私たちとわかるとホッとしたのか、持って行った食べ物を嬉しそうに食べた。それから一目散で松本までの帰路につき、家に着いたのは午前0時を回っていた。花子はその後2日間は眠りこけていた。そんな花子に「大変だったね。よく松本に来てくれたね。ありがとう」と語りかけると嬉しそうに頷いていた。

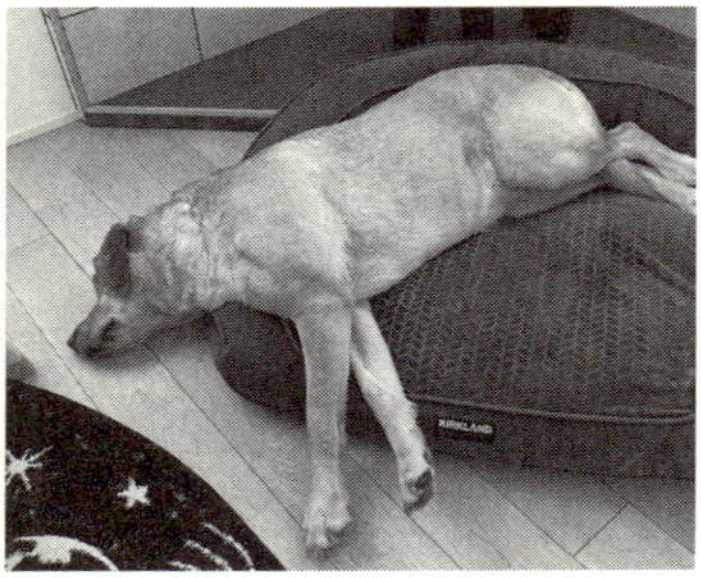

松本に到着した花子

私と妻にとって愛犬・花子はかけがえのない存在で、今や松本の生活では何よりも大切だ。毛の一本一本まで可愛くて言葉では言い尽くせない。そして歳が経てば経つほどその可愛さが増してくる。

15、バイオリン作り

私が最初にバイオリンを作ってみたいと思い始めたのは、孫娘エマが3歳でバイオリンを

バイオリンと小さいエマ

習い始めた頃であった。４分の1サイズのバイオリンがまだ体に比べて大きく見える頃だった。その時この子が成長して、もしジジの作ったバイオリンを弾いてくれたらどんなに素晴らしいことかと。バイオリンに対する知識はその頃全くなかったが、ただそれだけの理由でそんな思いを巡らしていた。

松本に移ってその時がやってきた。その頃にはエマは4分の3サイズのバイオリンを使っていたが、一年先にはフルサイズを使うようになるということで丁度良い時期と思った。そこでバイオリンを作り続けて60年以上になる井筒信一という人が松本市中山にバイオリン工房をひらいている事を知って、私は移住した翌年の2月にそこに入門した。井筒氏は18歳から木工職人であった父親の後を継いで木の皿や盆を作っていたが、ある日鈴木鎮一*氏の弾くバイオリンの音色を聞いてバイオリン職人の道に入ったそうだ。（注＊：鈴木鎮一氏とは多く

のバイオリニストを育てた「スズキ・メソード」の創始者で、その弟である鈴木志郎氏がバイオリン職人）

職人気質の井筒氏はバイオリン作りの道具は全て自分で作り、バイオリンの材料には特にこだわっていた。バイオリンの材料は松や楓の木で、ヨーロッパ産が良いと日本では言われている。それはバイオリンの本場はヨーロッパだからということだが、井筒氏は納得がいかなかったそうだ。

井筒信一

ある時彼は名古屋のバイオリン製作所が北海道釧路から材料を購入していると聞き、実際に釧路の材木屋に出向いて松や楓を見に行った。釧路の山で伐採されて木はヨーロッパの木に比べて堅い。井筒氏は木が堅いことでより楽器としてのパワーが出て、音をよりよく響かせることができると信じて、国産の木でバイオリンを作っていくことに決めたそうだ。はじめはなかなか世間から受け入れられなかったが、２０１９年に転機が訪れた。井筒氏とイタリアのバイオリンをカーテン越しにプロが弾いてどちらの音色が良いかを競うことになった。その企画がテレビで放映され、そこで井筒氏のバイオリンが勝ってしまった。ところがそのイタリアのバイオリン工房からリターンマッチを挑まれ、今度はバイオリンの名器、ストラディバリウスと対決することになった。僅差では負けてはしたものの、こうしたテレビの放送で井筒氏は一躍有名になった。

そんな井筒氏を師匠に、私はバイオリンの製作を一から学び始めた。二週間に一回の割合で工房に通い、朝9時半から夕方5時半まで黙々と木を削り続ける。まずはバイオリンのネックを作ることから始めた。師匠のこだわりで材質は昭和10年代に育った北海道釧路の楓を使う。これがめっぽう硬い。ヨーロッパでは柔らかい木でつくるそうだが、師匠のこだわりは彼の60年からの経験で培ったものだ。ナイフと鑿《のみ》そしてカンナを駆使して色々な曲線を作っていく。師匠が作った見本を横に、それを手で触り指で感じて曲線を覚えていくというアナログ世界だ。ネックがほぼ削り終えたので、次は裏板削りだ。

まずはシェープを整えていくつものカンナを使って滑らかな曲面を掘り出していく。何時間も同じ動きを手に覚えさせていくが、しまいには指の付け根がつってしまい動かなくなってしまう。それでも床いっぱいにカンナ削りクズをためて、職人気取りになる。こんな気分は中々味わえないものだ。十分にカンナで削り出し、次は紙やすりで滑らかにしていく。最初は120番の紙やすり、そして150、180、220、260、320番、最後は400番の紙やすりで仕上げていく。一つでもスキップすると後で後悔する。材料工学の実験演習で資料のポリッシングという工程がある。その最終段階ではエメリーペーパーといって布下地上にエメリー（アルミナ系の砥粒）を塗布した研磨紙を使って表面を磨く工程で、学生が順番を一つでも間違えると顕微鏡で見るとすぐにわかってしまう。綺麗で滑らかな表面にはならないという全く同じことがここでも試される。

バイオリンを彫る著者

そこで師匠が作った裏板の表面に手を当てて触っていると、滑らかで何かが違う。そしてそれが艶々しくエロスを感じる。コンピューターコントロールの木工フライス盤を使えばあっという間にできてしまうことはわかっていても、自分で削ったプロダクトに親しみを持つ。それが世界のバイオリン工房で何百年も受け継がれている伝統で、それに溶け込んだ気にしてくれる。私の人生第四楽章の最大の贅沢だ。

まだバイオリンの完成には時間がかかるだろうが、一通りのことは見えてきた。このままいけばちゃんとした形にはなるだろう、しかし問題はどのような音が出るかだ。まずは最後のニス塗りまでやってみて、それから考えることにする。おそらく色々な調整が必要になってくるだろう。

バイオリンは膠という天然の接着剤で接着され、非常に強力な接着力を持ちながら、水分と熱を加えると柔らかくなって剥がすことができるという。今まで何やらハイテクがどうのという事ばかりやってきたので、こんな世界があるんだとただ驚きばかりだ。バイオリン作りはまさに私にとって新世界の体験だ。作ったバイオリンを持ってポートランドへ行き、孫娘にプレゼントして弾いてもらうことを夢見て今は励んでいる。

16、大学はエコノミーのエンジン

ワシントン大学を退官して、その後松本へ移住してから、私は東北大学国際連携推進機構特任教授として着任した。東北大学ではＡＯＳを通してワシントン大学とのさらなる連携を成就することが私の役目である。対応手段は主に電子メールとズーム会議で、必要に応じて月に一回程度の割合で仙台へ行っている。

ＡＯＳの基本的な理念については第三楽章12で述べたが、ここにきて大学の社会に対する存在と意義がより一層問われるようになった。その背景には90年代初頭にはじまったアメリカの経営マネージメントが垂直統合から水平分業へ移転していったことにある。それに伴い現在では大学やベンチャー企業を取り組む新しい経済モデルが展開されている。それに対して日本では人々の意識や企業の共同・連携型のオープンな研究開発がアメリカに対して25年もの遅れをとって最近やっとその変革の方向に向かいつつある。その一つの要因が産学官連携での両者の意識の差にあり、そこには日本のほとんどの「大学がエコノミーのエンジンになること」、すなわち「大学が営利を出すこと」を蔑《さげす》む昔ながらの考え方と躊躇にある。それに対して東北大学執行部は、従来の大学の延長ではなく社会にゲームチェンジを起こすべくオープンイノベーションの取り組みの推進が必要不可欠であるとした。そして産業競争力に直結するような大学を展開することがその突破口になるという全く新しい理念を打ち出した。

そんな中で2021年3月26日に閣議決定された第6期科学技術・イノベーション基本計画に於いて、「日本の大学の国際競争力の低下や財政基盤の脆弱化といった現状を打破し、イノベーション・エコシステムの中核となるべき大学が、社会ニーズに合った人材の輩出、世界レベルの研究成果の創出、社会変革を先導する大学発スタートアップの創出といった役割をより一層果たしていくため、これまでにない手法により世界レベルの研究基盤の構築のための大胆な投資を実行すること、そしてその具体的手段として、10兆円規模の大学ファンドを早期に実現し、その運用益を活用する。」と明記された。

これにより国際卓越研究大学のプロポーザルが発案され、日本の数々の大学が応募した。そして2023年6月に東北大学が認定候補に選定された。正式に採択されたことで東北大学は否が応でも営利を出さざるをえない状況、すなわち「東北大学がエコノミーのエンジン」になることに至った。このニュースはイギリスの科学雑誌 Nature ＊で取り上げられるほどのインパクトを与えたが、これはまさに日本の大学の転機と見るべきで、ここにワシントン大学をはじめアメリカの主要大学から学ぶことが沢山ある。こうした取り決めに対して私は東北大学の同僚である岡部教授と江藤特任教授と協力して、東北大学の米国におけるゲートウェイの役割を担ってきたＡＯＳでさらに新しい方向性を打ち立てた。

（注　＊：https://www.nature.com/articles/d41586-023-02867-0?utm_source=Nature+Briefing&utm_campaign=ac0c637986-briefing-dy-20230922&utm_medium=email&utm_term=0_c9dfd39373-ac0c637986-43903349）

従来の日本企業は技術の殆どを自前主義で賄っていて、事業もそれを支える研究開発も自社やグループ内での垂直統合の傾向にあった。そのため人材の流動も抑制され、破壊的なイノベーションが起きにくい状態にあった。その反省の下に各産業界では近年オープンイノベーションへの取り組みが始まったが、それを更に加速し水平分業へ移行するためにはグローバルに破壊的なイノベーションや異質なカルチャーを受け入れる必要がある。そこにＡＯＳはワシントン大学をはじめ米国の主要大学とスタートアップ企業との連携のためのインターフェース役となると考えている。

米国ではシリコンバレーに多くのサクセスストーリーが生まれ、その地に集まるスタートアップの数や供給されるリスクマネーの規模は世界最大と言っていい。しかし残念ながら、強いが故に日本企業との提携を求めるケースは少ない。そして彼らの多くはB2C (Business to Consumer) やC2C (Consumer to Consumer) で、特にソーシャルやシェアリングのスタートアップの成功パターンはグローバルに何千万人規模のアプリユーザーを無料で集めて企業価値を高め、ユニコーンとなる事である。しかしながらそこに多くの製造業を擁する日本企業群との提携によるメリットは見出すことはできない。シリコンバレーのスタートアップ企業の生産物が「完成品タイプ型」であるため、逆に日本企業をサプライヤーと見做す動きも出てきているのである。

一方で同じ西海岸でもシアトルのそれは「部品供給タイプ型」と言ってよいだろう。ボーイングの城下町として発展し、近年はアマゾン、マイクロソフトがリードするクラウドとAIを活用して興隆する多くのスタートアップはB2B (Business to Business) である。したがってシリコンバレーの場合は開発した「製品」を使ってくれるユーザーを探すことで市場開拓をしているが、シアトルのスタートアップは開発した「部品」の供給先を常に探している。そういった背景もあり元来が親日的な風土でもあるシアトルで育った多くの起業家は、日本企業と組む事で成長し今やGAFAMの一角となった前述の2社（GF）のようになりたいと欲している。スターバックスやコストコが日本で大成功している事実も、彼らを日本市場進出へと駆り立てる背景となっている。

従前その進出先として中国が持て囃されたが、ここ数年は米国の安全保障上の制約により、同盟国でありルールや価値観が近い日本が再び見直されている。そこに彼らのプロダクトである「部品」を調達できる日本の大手企業が顧客先として浮上している。しかしながら日本企業はスタートアップ企業から調達される「部品」をそのまま使うことは殆どなく、参入している分野での障壁打破のためのコアコンピテンスとなるような技術が「モジュール」や「ソリューション」として示す必要がある。したがって連携を成功させるためには、スタートアップ企業がまずその技術分野での最前線の状況を解説し、その上で自社のイノベーションがどのように日本企業の課題を解決するかを示す事が肝心である。このように日米両者の弱みと強みをよく理解した上で、ＡＯＳは双方へのアドバイスする「高度コンサルテーション」を提供することが重要な活動の一つであると考えている。

こうした考えのもとで東北大学が日本の大学のエコノミーのエンジンモデルの例になり、オープンイノベーションの促進につながることに心から期待したい。そしてオープンイノベーションの目的は単に企業の成長に伴う経済発展ばかりでなく、社会の構造の変化に対応した課題の解決策でもある。したがって近年のデジタル変革によって起こりつつあるイノベーションは日本の各地域経済の活性化に役に立つことが期待できる。こうした新しい考え方が日本の大学そのものを変えていき、教育理念も変わっていくことで新しい日本への展開になるであろう。

17、UW Facts

ここで大学がエコノミーのエンジンである具体例を私が30年間勤めたワシントン大学で説明しよう。ワシントン大学では毎年様々なデータを2ページに凝縮してUW FAST FACTSという要旨が発表されている。それは毎年12月に、学生財政支援部、コンティニュアム・カレッジ、大学マーケティング・コミュニケーション部など、大学内の他の部署からの協力を得て、大学の企画・予算部によって更新されている。例えば２０２３—２０２４年版を見ると学生数やその人口統計、学位授与数、学費等の基本情報に加えて、その年の予算や支出が詳しく示されている。これについては現在東北大同僚の江藤特任教授と共同で「ワシントン大学、グローバル課題の解決に挑む米北西部最高学府」という題で本を書いているところである。

18、松本雑観

以下に示すエッセイは私が松本へ移って半年から1年以内に書いた小文で、移住当時のワクワク感で素直に感じた事、見た事、思った事、聞いた事、をそのまま記述した。

昭和レトロ

松本は昭和レトロの匂いのする街だ。だから私たち昭和の人間にはとても馴染みやすい。

松本は空襲による大きな被害を受けていない非戦災都市ということで、大規模な区画整理などが行われていない。そのため、狭く入り組んだ街路が残り道も細く、一方通行も多いので車の運転には難儀する。妻は松本の細くて入り組んだ道で運転をするのが苦手で、車幅の広い通りを使おうとする。すると今度は交通渋滞に巻き込まれる。

引き戸の入口が特徴的な木造住宅

街の至るところに昔ながらの引き戸の入り口が特徴の木造住宅が建ち並んでいる。引き戸は、開き戸のように開閉の際に戸が動くためのスペースを必要としない。したがって出入り口の際まで部屋を有効に活用でき、仕切りを全てひらけば小さな部屋が広い部屋に変わり、風通しもよくなる。高温多湿な日本の風土では開放的な構造が必要で、狭い道でもうまく出入り口を確保できる。なかなかの知恵だ。

白壁となまこ壁の土蔵

秋になると軒から干し柿が吊るしてある。遠くにアルプスが見えて、そんな風景を私は好んでその辺りをよく散歩する。ちょっとした風物詩だ。松本に限ったことではないにせよ、市内で蔵造りの建物をよく見る。白壁となまこ壁となっているのが特徴の重厚な土蔵が並ぶ風景はとても馴染みやすい。

松本は喫茶店の町でしかも昭和初期から営まれている店も多い。創業当時の面影を残す店だけでなく、古い蔵や施設を使った店など、レトロな雰囲気が味わえ心地が良い。シアトルで嗜んできたコーヒーの味とはずいぶん違う。もっとドライで苦味があってケーキに合う。昭和の時代に人はハイカラ気分を味わうためにやってきたのだろう。私も学生時代によく行ったものだ。そんな気分が蘇る。

湧水

松本は水の宝庫だ。松本城の堀は綺麗な水で満たされ、鯉がたくさん泳いでいる。白鳥もいる。松本盆地は地形学的には水瓶の上に乗っているような土地だそうだ。周りの山々に降った雨が地層に染み込み地下の帯水層を通って松本盆地に届くには何十年、場合によっては100年もの年月がかかるという。ということは今汲んだ水は100年も前に降った雨の水だと思うとロマンを感じる。

井戸

最近習慣になった事がある。それは夜の散歩での水汲みだ。松本市内には天然の湧水の井戸が何箇所もある。市による衛生管理がなされていて飲料して問題はない。一昨年ブラタモリで松本が水の宝庫だということを放映していたが、ここまで水が豊富とは驚いた。そこで毎晩ワイフと夜の散歩に出かける時に2リッターのペットボトルを携えて街の色々な井戸を巡っては水を汲んでくる。そんな水で朝はコーヒーをいれ、夜は焼酎の水割りで嗜む。その味は格別である。

「町会」と「公民館」

日本に来て松本に移り住んで「町会」と「公民館」という新しい体験をした。「町会」とは日頃からその地域で安全に安心して暮らすための中心的な役割を担う自治組織だそうだ。地域のふれあい活動やゴミステーションの維持管理、防犯等の設置管理、防災訓練、公園や道の清掃など人と人の絆を育み安全で安心して暮らすための活動をしていると聞いた。そして「公民館」はその町に住む人が親睦を深めながら豊かですみよい街づくりを目指して自主的に運営している組織だそうだ。

その公民館で町会の集まりがあった。どうやら今日の集まりは私たちのWelcomeということらしい。96歳の最年長の方も含め沢山の隣人の皆さんから歓迎を受けた。とても清々しい気持ちだ。アメリカにもきっとそのような組織があったのかもしれないが、対応はだいぶ違う。その大きな相違はアメリカが多民族国家のそれに対して日本はなんといっても単一民族国家だからだ。多民族の集まりでは中々「町会」「公民館」のような繋がりは難しい。出来ないということではなくとも、あっても長続きしないだろう。町民のレベルでもそうなら国家間となるとそれは大変だ。だから国家元首となればその責任は重大だ。誰かさんのように自分のためでは世の中が滅茶苦茶になってしまう。それを選ぶのは我々の責任だ。

三ガク

松本には「三ガク」という言葉がある。一つ目のガクは学業の「ガク」で、二つ目は山岳の「ガク」、そして三つ目は音楽の「ガク」だそうだ。

松本は伝統的に教育や文化を重んずる気風があるそうで、明治初期にはすでに開智学校という小学校が創設されていた。学校に対する理解が深まっていない当時としては、旧開智学校の校舎は高い完成度があり近代教育の黎明期を象徴するものとして評価されているそうだ。そういえば昔読んだ北杜夫の小説には松本深志高校（旧制松本中学校）のことが書かれていたことも思い出した。その松本高等学校は大正８（１９１９）年に松本市あがたの地に開校して、大正時代の代表的な洋風建造物として「あがたの森公園」の一角に今なお現存している。日本に移住して一つ残念に思うことは、日本のほとんどの大学の校舎が味も素っ気もないことだ。私は教育の原点はまずはそこで学ぶことを誇りに思う事だと思っている。そのためには校舎や建物の威厳、そしてキャンパスの美しさは大切だ。ワシントン大学に限らず自分の大学のキャンパスを誇りに思っているのは自然に身についた「ガク」なんだろう。

二つ目のガクは山岳の「ガク」で、３０００メートル級の山々に囲まれた松本ならではの由来だ。私の小中学校時代の同期生の萬代くんはアルピニストで、彼は40歳半ばで松本に移住してきた。その彼が曰く「松本は山屋の憧れの地」だそうで、彼は住民票を取った日に松本駅で来る人々にそれをかざして自慢したいほど松本の山「ガク」を誇りに思っている。そんな山きちが沢山松本には住んでいるのだろう。

そして最後のガクは音楽の「ガク」で、スズキ・メソード（Suzuki Method）という音楽教育法を開拓した鈴木慎一氏のことは松本では有名だ。そして国際的な音楽祭「セイジ・オザワ松本フェスティバル」に代表されることで音楽が盛んでもある。私が井筒師匠についてバイオリン製作を習い始めたのも、そうした楽器作りが松本の地にうまく溶け込んでいるからだと思う。

松本城

松本城のお堀端には家来の名前と家紋が書かれた灯籠が置かれている。それを見て思った。

松本城のお堀端

彼らはきっと毎朝自分の家を出てお城に入ったら生きて帰れる保証はない。「死」を覚悟して毎日登城するストレスは大変なものだろう――でも彼らには誇りがあるのだろう。私は今まで一生懸命に働いてきたけど、もし彼らのような思いで現役の毎日を過ごしたとしたらもっと色々なことができたかもしれない。松本で見たこれらの灯籠からまた新しい刺激を受けた。

座禅と写経とペン字

移住する前に日本に来るたびに、お寺で座禅と写経をしていた。仙台では北山の輪王寺でよく朝の時間を過ごしたものだ。それを毎日やってみようと考えた。そこで建てた家の日本間を座禅と写経の場所にした。ものの本には座禅では何も考えるなと書いてあるが、そんなことは私には不可能だ。そこで座禅をしながらできるだけ沢山考えるようにしている。議題は何でもよい。色々なことを頭の中で整理して、辻褄の合うようなストーリーができ上がるまで「座禅」をやめない。ロジカルなストーリーが完結すると気分がとても良くなる。だから5分の時もあれば30分もかかる時がある。日によってまちまちだ。写経については、最近それをするのが辛くなった。というのは庭の草むしりや野良仕事で手の筋肉を使いすぎて、筆をもつのが苦痛になった。そこでペン字の練習を始めた。以前に買ったペリカンの万年筆スーベレーンがとても役に立つ。これで少しでも字が上手くなればと期待する。

クレバリーホーム

クレバリーホームの看板

先日車で街を走っていたら面白い看板に出会った。「クレバリーホーム」と書いてある。どうやら家の新築かリフォームを手掛ける会社らしい。気にしなければそれまでなのだが、どうもしっくりこない。というのは、クレバリーホームとそのまま聞けば日本語の語呂としてはおかしくない、というよりよく言ったねと言いたいところだ。ところがその横に英語でCleverly Homeと書いてあるのを見て、なんだか変だぞという気持ちになる。

そもそもcleverlyは副詞であってhomeには繋がらない。それではclever homeと書けば良いではないかと思われるけど、クレバーホームではなんとも間伸びをしていて日本語としての語呂が合わない。でもこれは看板だから、とっても素敵な家を作りますよ~、とでも宣伝したいのだろうけど、clever はむしろネガティブな意味合い、例えばずる賢いなど、の方が強い。だから clever home はありえない。あえていうならば Intelligent Home と言った方が良い様な気がしても、さすがにインテリジェントホームとは書けまい——。そんなこと、どうでも良いことかもしれないけれど、そこが日本語の面白さだと思いながら運転をしていた。

さらに思うに「クレバリーホーム」の名付け親はクレバリーの「リー」を "ly" ではなく "ry" と勘違いしているのではないだろうかと勝手に考えた。そもそも "clevery" というような単語は存在しないので変な話になってしまうが、"cleverly" を "clevery" と思って形容詞だと考えたかもしれない。というのは日本人にとって "l" と "r" の発音はすこぶる厄介で、私は未だに注意しないとよく間違える。ワシントン大学で MSE473 Glass Science（非結晶体）という授業を教えていた。私の "Glass Science" の発音は学生には "Grass Science" と聞こえていたらしい。だから「クレバリーホーム」の名付け親はそんなジョークをカスタマーに伝えたかったのかもしれない。それならあっぱれだ。

「無限」という概念

花火のシーズンだ。夕方花子と城山公園に散歩に行って帰ってくる時に、松本平が見える高台から向こうの山で3つほど煙が上がった。花火の打ち上げの準備をしているのだろう。煙を見てかれこれ4秒くらい掛かってドン・ドン・ドンという音が聞こえた。音は1秒間に340メートル進むから打ち上げはきっと向こう側の山約1300メートル離れたところからだろう。音が聞こえた時には煙はすでに空中に拡散していてもやもやだけが見える。そんな風景を見ていて光は確かに速いなと実感する。でも無限に速いわけではない。

先日私の友人と「無限」について取り止めのない話をした。彼が言うには大きな鏡を2つ向かい合わせて間に自分が立つと自分の像が映り、更に映っている鏡の中にまた自分の姿が映る。その映った鏡の中にもまた自分が小さくなって映っていて、これがいつまでも続く。原理的にはこれは自然現象なので「無限」に続くはずだ。しかし現実にはどこまでそれを確認できるかといえば、それは我々の視力、すなわち観察する光学系の解像度に依存する。そこで頭の中で本当に無限の像が確認できるかと考えるとあまり定かでない。というのは光の速度は無限に速いわけではなく、毎秒約3億メートル進むのだから全ての像を映し出すには無限の時間がかかる。すなわちどんなに長いこと待っていても全ての像を映し出すことはできないことになる。どうやらこれが「無限」ということだ。

松本市美術館には前衛芸術家草間彌生がこうした原理を使って夢幻を表現しようとした作品がある。彼女は光の速さが有限であることを知って作品を作ったかどうかは定かではないが実際に目で見ると驚きと感動を覚える。

若く見えないようにする

松本に移ってその年の暮れにアルゼンチンとフランスのワールドカップ優勝戦があった。そこでとても印象に残っている事がある。

それはゲームの前半と後半の休憩時間対談中に「日本のキーパーが世界で通用するには何が必要か」という質問があった。そしてコメンテーターとして出ていた権田選手が「日本の若いキーパーは若く見えてしまうから、それをどのように若く見えないようにするかが大切だ」と言った。なるほどと思い、「若く見えないようにする」とは「その人の自信をshowすることだ」と私は思った。

人は皆それぞれ誰にも負けない「もの」を必ず持っているものだ。ただそれを自分で認識してshowしない限り「もの」として人には言えないし、周りの人もそのように見てくれない。

だから私の今まで大学30年間は学生と誰にもまけない「もの」を探し求め、それを「温めて「show」する事だったと思う。最初はハッタリでもいい。でも「温めている」とそれが「自信」になってくる。こんなことを何度も学生と体験して、それが私の「自信」になってきた。そうして行くうちに学生は「若く見えなくなってくる」から素晴らしい。こんなことをこれから日本の若い学生と体験して、どのように「show」したら良いかを教えられたらいいかなと思っている。

日本語と英語

アメリカに行く前は、私は朝日新聞の「天声人語」を好んで読んでいた。その時代から50年以上も経った今、天声人語がどのような文体で書かれているかは知らないが、当時は〜600文字、6段落で綴られた時事コラムでニュースと同時に季節や旬の話題でそれなりに面白かった。というよりそうした話題を展開する文体に惚れ込んでいた。特に最初の1段落目はともすれば結論とは程遠い話題が提供され、2段、3段と進んでいくうちに何やら筆者が述べようとする方向にもって行かれてしまう。それがなんともオシャレでカッコイイと思っていた。そしてそんな文体の構成がともすれば話をしたり文章を書く時に出てきてしまうことがあった。

ところがアメリカに行って「書く」、「喋る」、「発表する」ことが増え、そこで天声人語的文体が全く通用しないことを悟った。アメリカではまずは結論を最初に述べて、どのようにそこに到達するかという文体が基本で、天声人語のような展開では誰も聞いてくれないし、読んでもくれない。特にプロポーザルのような場合にはそれが致命傷になる。こうした「訓練」を重ねて、私は過去50年の間に考え方の論法が変わってきた。それはある意味では生活手段だったかもしれない。それが日本に移住し、どっぷりと日本の生活を味わうようになって、再び天声人語的発想と展開に触れた。そして今はその両方を楽しんでいる。

ところがある時天声人語の英訳版があることを知って驚いた。英訳だから日本語で書かれた文章を英語に変換することなのだろうが、それをして何が得られるのだろうと思った。すなわち論法の違う文章だから、もし英語で天声人語を書こうとするならば、6段落の結論を英訳し、それに準じて結論に至った経過を描かねば英語圏の文化とは整合しない。英語を使って天声人語に書かれた日本語の文章を変換する事と天声人語の文化を英語で伝える事とは大きな違いがあるはずだ。そんなことを考えながら、日本の英語教育ではどちらに重点を置いているのだろうと思った。これからはこうしたグローバルな文化の違いを教えることも必要になってくるのではないだろうか？

ある感覚

今回のポートランド旅行で私たち夫婦は大変なカルチャーショックを受けた。昨年8月に松本に移住して1年と5ヵ月、その間今までの50年間のブランクを取り戻そうとして日本の文化と生活にどっぷりと浸かった。そして浸かりすぎてそのリバウンドを受けたのかもしれない。なんだか今回の旅行では全てのものが違っていて新しい感覚でものを見た。物理的な広さや大きさ、人との感覚、言葉や時間の流れ――そんなことはよく知っていたにも関わらず、それがなんとも新しく見えるから不思議だ。

たかが1年と5ヵ月でこんなに私たちの感覚が変わってしまったのかと驚く。と言うよりそれだけアメリカと日本の生活は違っていたのかもしれない。現役の時にはアメリカと日本の違いなど考えたこともなかったし、そんな余裕も必要性もなかった。でもリタイアが人生の一つの区切りになり、新しい感覚が私たちには生まれた。嬉しいことだ。そして今は日本の生活に馴染んでいる。それがリタイアして私たちの目指した姿なのかもしれない。

人生の四楽章を振り返ってみて

私の人生尺度計ではまだ第四楽章に入ったばかりだ。だから私が人生を語るにはあと10年はかかるだろう。それでもあえて私の歩んだ三楽章までの道を振り返ると、そこには色々な偶然と奇跡が混在していてそれらを自分がしたいと思う事に結びつけて進んでいったように思う。

私の最初の25年間の第一楽章は人生の準備期間だった。小中高時代から電気に親しみ、大学で物理を専攻し、さらに大学院の修士課程を修了して会社に入った。そしてその会社の一年目に私の人生を変えた最初のターニングポイントに遭遇して、アメリカに渡った。それがちょうど25歳の時だった。そして次の人生の第二、第三楽章である50年間を私はアメリカで過ごした。フロリダ大学大学院で博士の学位をとり、アメリカで就職を志したことが私の人生で第二のターニングポイントになった。デュポン社で10年間の実社会を経験し、三つ目のターニングポイントはアメリカ西海岸シアトルのワシントン大学で教える立場になることで始まった。そしてアメリカの生活を終え、松本に移住したことが私の人生のおそらく最後のターニングポイントになると思っている。

そこで一つ言えることは、私は与えられた偶然と奇跡に感謝し、与えられた以上、それを決して無駄にはしなかった。少なくともそのように自負している。そのために私はいつでも何か vague（漠然とした）idea を持っていて、それに合わせて与えられた偶然と奇跡をうまく使っていったのだと思う。

「Vague な idea」から始める

最初の vague な idea は私が小学生の頃ジャンクヤードから拾ってきたトランジスターのカバーに刻まれていた USA という文字にあった。そしてその USA が私の中に宿って、それから20年余り経ってアメリカに渡った。日本の会社で働いていたある日、雑誌でＩＢＭワトソン研究所と江崎玲於奈博士の研究室の写真を見て、いつかそんな研究所で働いて自分の研究室を持ちたいと思った。そんな vague な idea が10年経ってデュポンの中央研究所に就職して自分の研究室を持つ事に繋がった。フロリダ大学で学生の頃、学期休みの休暇で遊びに行ったジョージア州のグレートスモーキー国立公園で、私はいつか西海岸に移りそこで働きたいと妻に話をしたことが、15年経ってワシントン州シアトルに移る事に繋がった。そのいずれもが、その当時はまだ将来が何も定まっていないところからの出発だった。

誰でも何かを始める時の最初の考えは「vague（漠然とした）」なものだ。そしてそれが徐々に「definitive（明確な）」な意識に変わって、どのように実現できるかを考える。私の人生はそのようなものだった。そしてその舞台はアメリカという私にとって全くの未知の世界だったから無我夢中だった。今の若い人たちは情報過多の中で生きて、ともすればその中に埋もれて何ができるかを見失ってしまうことが多い。そんな時に何か「vague」な考えを持つことを恐れないで、そこから自分にできることを見つけると案外うまくいくかもしれない。

「良い事」と「Calculated Risk」

私はものを考える時は「良い事」だけを考えることにしている。悪い事は考えないし、状況が険しくなっても、それでもそこから良い事を模索しようとする。そうすれば何かほのかな灯りが見えてきて、あとはそれを育てるだけで良い。そして私はCalculated Riskという言葉が好きだ。Calculated Riskとは決して無茶なことをすることではないし、一か八かでやるものでもない。

大学でプロポーザルを書き、外部研究資金を得ることはまさにCalculated Riskに他ならない。徹底的に今までやってきた事とそのバックグラウンドを調査し、その上で現状を理解して、自分の考えを構築する。そしてそこから何ができるかを考えてプロポーザルの形にする。勿論そこでは自分でやり切れるだろうという計算(calculation)があってのことだ。これが**DuPont**時代からワシントン大学で生きていくために養われた思考体系で、そこには悪いことを考える余裕はなかった。プロポーザルが採用される確率は20%以下と低いが、不採用が必ずしも悪いことにはならない。そこには何ができるかを引き出す良いチャンスが沢山眠っている。そのためには良いこと(すなわちプロポーザルでは採択される事)だけを考えて生きる。これが私の辿った道だったように思う。

「はったり」と「努力」

人は誰でも自分に自信をつけるために「努力」をしていると思う。その努力が形而的にたとえ実らずも努力したことでなんらかの自信につながるものだと私は確信している。「はったり」というと聞こえは悪いが、それも人生には必要だと思う。日本国語大辞典で「はったり」を引くと、「実際以上に見せようとして、おおげさにふるまうこと。または、そのふるまい」

とある。この説明ではどうもしっくりとこないが、「はったり」は覚悟がなければとてもそんなことは言えないし、逆にそれが自信をつけさせる原動力になりうると私は思っている。そして「努力」と「はったり」を組み合わせることで、今までに持ち合わせなかったようなパワーが生まれる。

ボクサーは試合の前に「俺は強いんだ」と自己暗示（アファメーション）にかけるそうだ。それは「俺は奴よりも強い」という「はったり」とそれまでに練習してきた「努力」の相乗効果が「勝つ自信」を引き出す。私はフロリダ大学で大学院生として勉強していた頃、「俺はお前よりできるんだ」と自分で唱え、自分を支えていた。その時の「お前」は特別誰というわけではなかったが、唱えた以上「それができるようにがんばった」。すなわち努力した。すると色々なことが少し上手くできるようになり、それが自分の自信になった。そこで自信がつけばさらに努力してより一層色々なことができるようになる。こうして好循環が生まれる。

「Calculated Risk」と「はったり」を組み合わせればさらにその効果は大きく、「努力」することが楽しくなる。それは必ずなんらかの良い結果が生まれるからである。そしてたとえ転んでもただでは起きぬということもそこから学んだ。こうして私はなんとかアメリカの社会で生き残れたのは、私の同僚や同胞、そして学生諸君から色々なことを学び、お互いに励まし合い、私ができることはなんでもしたからだと思う。そして今は彼らに感謝の念しかない。

雑学を学ぶ

私の人生の第一楽章、準備期間で私はそれほど学校の成績が良いわけではなかった。ある程度の成績は取れても、与えられてこれをやれと言われるのが苦手で面白くなかった。したがって大学入試はうまくいかなかった。一浪してもそれで試験の成績が伸びたわけではなく、結局現役で受かった大学に一浪して入った。今考えればもう少し上手く立ち回れたとも思えるが、浪人時代の予備校は連日練習問題を解くだけで退屈で居た堪れなかった。英語で言えばまさにboring（つまらない）で、早くそこから抜け出したいと思うばかりであった。その代わり浪人時代に喫茶店でコーヒーの味を覚えた。

それでも大学に入ってからは大学紛争で授業がたびたび中断されると、自分で好きな事を勝手に選べるようになり事態が変わった。それは色々なものをつまみ食いする自由度が与えられ、そこで得た雑学の知識は漠然と考えていた事を少しずつ煮詰めていく良い手段であることに気がついた。そうなるとそこには「良い事」の方が多くなった。そして気のあった物理学科の教授とは懇意になって色々と教えてもらい、得た知識を自分のものにしていった。それでなんとなく自分に自信ができたように思えた。

その後大学院には行ったのは、そうして得た知識をもう少し具体的に何かに応用したいと思ったからだ。幸運にも懇意にしていた教授が私を当時田無市にあった東大の原子核研究所(現在は西東京いこいの森公園)で高エネルギー実験用のカウンターを開発するチームに紹介して参加させてくれた。そのチームは様々な専門職の人々から成り立っていて、そこは私にとって知識の宝庫のようなものだった。そうなると、今まで積み重ねてきた雑学の知識が役に立ち、物事を沢山知ることの大切さを実感した。

大学で何を求める

これから大学を目指す若い人やすでに大学に行っている学生諸君に、大学で何を求めるかについて私は次のように考えている。まずは大学とはすごい所だという事を認識しよう。大学が「すごい」という意味は半径100~200メートルの中に全ての叡智が詰まっていることだ。そしてその叡智を皆で共有できる。そんな場所は大学以外にはないし、そんな環境を共有できることを誇りに思わなければ勿体無い。日本では入学試験の偏差値で大学の価値を決めて、それを皆が暗に認めている。それはまさに愚の骨頂だ。そんなことを考えずにまずは大学の敷地の中心に立って周りを見渡し、そこに何があるかを知ったらどれほどそこから叡智が得られるか分かるだろう、そしてどれほど自分の知らないことが習えるか分かるだろう。それが分かればその大学の偏差値などどうでもよくなり、その価値が自分にとってどれほど大切なものか分かるし、誇りに思うようになる。すなわち大学とはその人の人生で自信をつけさせてくれる最良のそして最短のルートだと私は思っている。

ワシントン大学で指導と研究を続けて30年、様々な体験をした。赴任した頃はまだ40歳中頃で若い学生と一緒になって働き学び、そこから様々な「perception」を得た。perceptionとは認識、認知、知覚という意味を示す単語だが、大学におけるそれは若い学生の認識を変化させ多様性を追求させることと思った。そして私自身もそこから大学としての使命を学び、学生が未知の世界に飛び込む行動力とリスクに耐える気構えをどのように教鞭と研究から引き出せるかを模索した。そこで大学教育の目的と意義は、学生に「これは私にまかせろ」という自分への自信を持たせ、最後までやり抜くバイタリティーをつけさせる事と悟った。

そして私は学生に自信を持たせることを第一に教育と研究に専念してきた。それは私がフロリダ大学で自分に自信をつけさせてもらったから、同じことを私なりにやっているだけに過ぎないかもしれない。しかし、それによって私の研究室から巣立っていった学生は皆それぞれの道を進んでいった。そして再び大学に帰ってくる学生もいた。その学生は自分は人生に迷ったからもう一回大学へ戻って来たと言った。それを聞いて、まさにそれが大学の真の姿だと思った。

大学と社会

私は本章16と17でアメリカの大学の社会への役目と貢献について私自身の体験も含めて説明した。そこには日本と大きな違いが見られる。最近日本政府が打ち出した新しい日本の大学への構想で東北大学はいち早くそれに反応し、国際卓越研究大学として社会へのオープンイノベーションを果たそうとしている。それには「大学がエコノミーのエンジンになる」、すなわち「大学が営利を出す」を蔑《さげす》むいわばタブー的な昔ながらの考え方や躊躇をまずは捨て去ることから始めなければならない。そのことを東北大学は、従来の大学の延長ではなく社会にゲームチェンジを起こす事から始めようとしている。それは産業競争力に直結するような大学を展開することでその突破口になるという全く新しい理念だ。こうした新しい考え方は、デジタル変革によって起こりつつあるイノベーションが地域経済の活性化に役に立つことにも期待できる。地方都市が人口減少で危機を迎える中で、それは新しい変革につながることでもある。

例えば私の住む長野県松本市では、市内の目抜き通りに位置するパルコや140年の老舗デパート井上が2025年をもって閉店するという地域経済の危機に面している。そしてその跡地の利用法について議論が白熱している。これらの現象は松本に限ったことでなく、様々な地方都市に言えることであろうが、それからの脱出には抜本的な改革が必要で、ショートタームの目線では解決できない問題である。

そこで、この危機を経済の転換期を考え松本の市行政、教育機関、地元企業そしてベンチャービジネスなどが連携して、オープンイノベーションとしての新しい社会経済システムに対応可能な枠組みを作る事が必須であると私は考える。果たして市はそのような考えを検討しているのだろうか？　残念ながらそのようなニュースや報道をまだ私は見たことはない。そしてその中心的な存在が信州大学であるべきで、そこが「松本のエコノミーのエンジンになれる」か、すなわち信州大学が営利をどこまで追求できるかがこれからの松本の将来を決めることになるかもしれない。学長の将来へのヴィジョンもここでものを言うはずである。そうした行動やヴィジョンがオープンイノベーションへの促進につながり、人が大学を求めて集まるようになれば、地方都市の活性化につながる。大学はその町の誇りであり、象徴であるべきだ。ひいてはそれが松本市の経済のドライビングフォースになると考える。時代と共に去り行く商いを惜しんで補充しても先は見えている。それならば松本の市行政、教育機関、地元企業が協力連携して、イノベーションを打ち立てることがまず重要だ。

（完）

あとがき

私が過ごした過去75年の記録を書くにあたってまずは私の家族からのサポート、特に妻清代に感謝の念を示したいと思います。結婚して過ごした50年間は彼女の献身的な支えがあってはじめてできたことで、すでに他界している私の母や妻の両親にも感謝の念が絶えません。こうした支えがあって私の人生二楽章と三楽章は冒険とチャレンジで満たされていました。同時に私を支えてくれた恩師や同僚、そして友人に感謝が尽きません。

そしてこの自分史を書くにあたって私の大学時代の同僚である吉田雅人君には多大なサポートをいただきました。私は日本語で作文したのが高校2年生の時が最後で、それ以来60年以上もこうした文章を書くことはなかったので、各所の一文一文を逐次メールで送ってその度に細かくチェックをお願いしました。そして小中学校の同胞である渡辺（野上）百合子さんとそのご主人からは様々なアドバイスをいただきました。彼らは本の編集の専門家で、プロから見た視線でどのように話を持っていくかを教えてくださりました。改めてここに感謝いたします。

そもそもこの自分史を書き始めたのは、私が今年（令和6年）2月末の雪の日に転んで足首を骨折し、その後3ヵ月をどうするかと迷っていた時で、昔はこんなことがあったなと考えているうちにそれが文章になり、ここに本として出版することができました。本を書くプロセスから今まで歩んできた人生がはっきり見えてきて、反省も含めて持ち上がった問題に対してどのように対処していくべきか等がなんとなく判ってきました。最後の章で書いたように、自分の中に考えがはっきりと構築されてきました。そしてこれから歩んでいく我々の第四楽章で何かの支えになると思っています。そこでこれからの若い人たちに、もしこうした考え方が少しでも役に立つならこの上なく幸せであると思います。

最後に、鳥影社の百瀬精一氏と戸田結菜さんには編集作業において一方ならぬご苦労をおかけし、ご尽力に感謝いたします。

大内　二三夫

〈著者紹介〉

大内二三夫（おおうち ふみお）

1948年生まれ。東京都世田谷区出身。上智大学理工学部・物理学科卒（学部・修士）。1974年から㈱小原光学に勤務。1975年にアメリカ合衆国フロリダ州フロリダ大学工学部・物質材料学科に留学。1981年にPhDを取得し、デラウェア州ウィルミントン市のデュポン中央研究所に勤務。1992年にワシントン州シアトルのワシントン大学に移り、工学部物質材料学科の教授を務める。2016年からは東北大学の客員教授を兼任。2017年にワシントン大学—東北大学アカデミックオープンスペースを立ち上げ、そのディレクターを務める。2022年にワシントン大学を退官。ワシントン大学名誉教授となり、同年長野県松本市へ移住。東北大学国際連携推進機構特任教授に就任。現在に至る。

人生の四楽章、そして松本へ

本書のコピー、スキャニング、デジタル化等の無断複製は著作権法上での例外を除き禁じられています。本書を代行業者等の第三者に依頼してスキャニングやデジタル化することはたとえ個人や家庭内の利用でも著作権法上認められていません。

乱丁・落丁はお取り替えします。

2024年11月14日初版第1刷発行

著　者　大内二三夫

発行者　百瀬精一

発行所　鳥影社 (choeisha.com)

〒160-0023 東京都新宿区西新宿3-5-12トーカン新宿7F

電話 03-5948-6470, FAX 0120-586-771

〒392-0012 長野県諏訪市四賀229-1（本社・編集室）

電話 0266-53-2903, FAX 0266-58-6771

印刷・製本　モリモト印刷

©Fumio OHUCHI 2024 printed in Japan

ISBN978-4-86782-123-7 C0095